S0-AKV-739

Dどo Kこo Dでe Mもo

みんなの日本語
スリーエーネットワーク
3A Corporation

# 大家的日本語 初級II

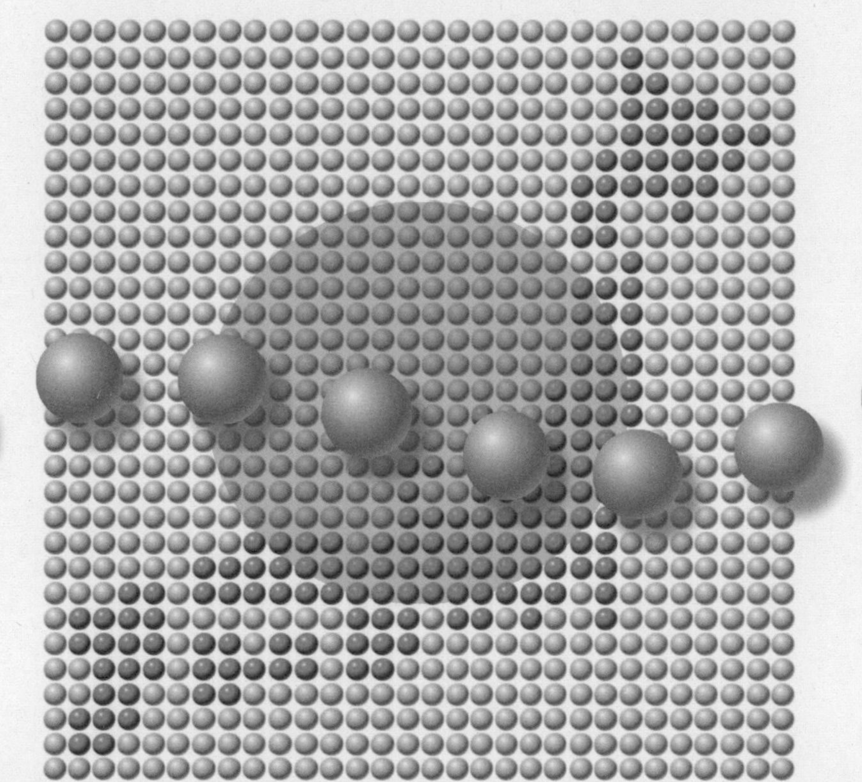

大新書局　印行

# 前　　言

本教材正如 ***大家的日本語*** 書名一般，是爲了使初學日語的人能夠愉快地學習，指導老師也能夠教得興緻盎然，因此花了三年多的時間規劃、編寫而成，是一本足以稱爲 ***新日本語的基礎*** 姊妹篇的眞正日語教科書。

眾所周知，儘管 ***新日本語的基礎*** 是爲了技術研修人員開發的教科書，但作爲初級的日語教材，不但內容充實，對希望在短期內學好日語會話的學習者而言，也得到了超群的學習效果。因此現在仍在日本國內外被廣泛地使用。

然而，近年來日語教育逐漸呈現多樣化，隨著日本經濟和產業的發展，與各國間人際交流增加的情況中，各種背景不同目的各異的外國人融入日本社會。這種因外國人增加導致關於日語教育的社會性變化，又影響到各個日語教育場所，產生了學習需求多樣化以及因應個別需求的呼聲。

身處這種時期，***（株）スリーエーネットワーク*** 爲了回應國內外長年實踐日語教育專家們的建議和要求，便編輯出版了這本 ***大家的日本語*** 。換句話說，我們進一步充實、改進了內容，讓 ***大家的日本語*** 不但具備了 ***新日本語的基礎*** 的特點、學習項目和簡明易懂的學習方法，更在會話場面和登場人物方面選擇更爲廣泛，以因應學習者的多樣性，使日本國內外學習者不分國家和區域特性，都能愉快地學習日語。

***大家的日本語*** 的對象，是在工作單位、家庭、學校、區域內等需要使用日語進行溝通的外國人。雖然是初級教材，但是在登場的外國人和日本人進行交流的場面中，都儘量反映了日本情事和日本人的社會生活及日常生活。本書主要以一般社會大眾爲對象，但是當然也可以作爲上大學的預備課程，或專門學校、大學的短期集中授課用的教材。

另外，本公司爲因應學習者的多樣性和滿足教育現場的各種需求，今後亦將繼續積極開發新的學習教材，盼望各位繼續給予支持和鼓勵。

最後，在本教材的編寫過程中，得到各方面諸多的建議、試用等大力的協助，在此深表謝意。***（株）スリーエーネットワーク*** 希望今後也能透過日語教材的出版，將人與人之間的網路擴展到全世界。

尚祈各位更大的支持與鞭策。

**（株）スリーエーネットワーク**
社長 小川 巖

# 凡　例

## I. 教科書的構成

**大家的日本語　初級** 由「初級 I」、「初級 II」(均隨教材附問題有聲 CD)、「文法解說書」、「課文中譯・問題解答」以及「有聲CD或錄音帶任選一種」(單字、文型、例文、會話、練習 A 、 B 、 C) 構成。

本教科書以日語的聽說爲主構成,在課文前有平、片假名筆順、字源表、語調說明、五十音圖表等介紹,授課教師可依需要補充指導。

## II. 教科書的內容及使用方法

### 1. 教材

#### 1) 日語發音

就日語發音上必須注意的地方,舉出了主要的例子。

#### 2) 教室的指示用語,每天的招呼及會話表現、數字

列有教室中的指示語,日常的基本招呼等使用頻率高的用語。

#### 3) 課文

初級 I (1 課到 13 課) ;初級 II (14 課到 25 課) 內容區分如下:

**① 單字**

列出該課將學習的新單字,並附注語調及中譯。

**② 句型**

列出該課將學習的基本句型。

**③ 例句**

以小型問答的方式,顯示出基本句型實際運用的型態。另外還有新出現的副詞和接續詞的使用方法,以及基本句型以外的學習項目。

**④ 會話**

會話中會出現在日本生活的外國人,展現各種不同的場面對話。在各課的學習內容中,加上了日常生活中常用打招呼的習慣語。

由於都是簡單的對話,因此最好背誦全文。如果學有餘力,可以使用「單字、文法解釋」中的參考用語,擴大會話內容,提高會話表達能力。

⑤ **練習**

練習分爲A、B、C三個階段，針對課文重點進行各種方式的廣泛練習。

練習A：做了視覺上的設計，可以更容易了解文法上的結構。而且在力求熟習基本句型之外，還顧慮到活用形的變化方式、接續方法等的易學易懂。

練習B：使用各種不同的句型練習形式，強化對基本句型的掌握，也就是按照提示的例句進行練習的方式。帶有☞符號的號碼表示用圖表練習。

練習C：是簡短的會話練習，目的在於學習句型實際運用的情況，如何發揮其功能，並藉此提高會話能力上。應用上不要只是複誦，應嘗試改變範例的代換內容、讓學習者擴大練習內容，並進而擴展會話場面。

⑥ **問題**（有💿及📼符號的地方）

每課課後均設有「問題」單元，內有聽寫問題、文法問題和閱讀問題等。

聽寫問題：是聽有聲CD或錄音帶回答簡短問題，以及從簡短會話中掌握重點的問題，這些都是爲了強化聽解能力而設計的。

文法問題：在於確認語彙和文法事項的理解。

閱讀問題：閱讀使用學過的語彙、文法造出的簡單句子，再回答關於其內容的問題。

⑦ **複習**

課文進行到某個階段時，有複習A～E，供在學習數課之後，藉複習的習題演練增加對句型、文法等的印象，幫助學習者整理各課的重點複習。

⑧ **總結**

在本書的最後，將書中出現的助詞、動詞的各種活用形用法、副詞和接續詞等文法項目加以分項整理，並附有例句。

另外更加入了數字、時態、時間、日期的表達方式，量詞等課本中未列出的項目，並做了有系統的整理。

⑨ 索引（均附注紅色標記語調符號）

初級I（1課到13課）新單字、表現詞組，最初出現的課數也一併載出；爲方便統計及複習，全部以數字編號，共要學習688個單字和表現詞組。

初級II（14課到25課）新單字、表現詞組，最初出現的課數也一併載出；爲方便統計及複習，全部以數字編號，共要學習372個單字和表現詞組。

## 2. 文法解說書

1) 日語特徵、日語文字、日語發音的說明

2) 從初級I（1課到13課）及初級II（14課到25課）兩冊的

① 關於句型及表現的文法說明

② 對該課學習有助益的參考語彙和日本情事的簡單介紹

## 3. 課文中譯・問題解答

1)「課本」中的「教室用語」以及「每天的招呼語和會話表現」的翻譯。

2)「課本」最後的助詞、活用形用法，副詞以及接續詞等歸納的翻譯。

3) 從初級I（1課到13課）及初級II（14課到25課）兩冊的

① 句型、例句、會話的中文翻譯

②「問題」單元中有聽寫問題、文法問題和閱讀問題解答。（有💿及📼符號的地方）

## 4. 有聲CD或錄音帶學習

有聲CD或錄音帶（任選一種）的內容，收錄了各課的新單字、句型、例句、會話、練習A、練習B、練習C、練習題的聽力、聽寫部分。
聽新單字、句型、例句時注意聆聽及模仿標準語調發音、自然抑揚頓挫語感，聽練習A、B、C和會話時，則要適應自然的日語說話速度。

## III. 書寫時的注意事項

1) 漢字原則上以「常用漢字表(じょうようかんじひょう)」爲依據。

① 「熟字訓(じゅくじくん)」（兩個字以上的漢字組合，讀法特殊者）中，在「常用漢字表(じょうようかんじひょう)」的「付表(ふひょう)」中有的都用漢字書寫。

例：友達(ともだち)、果物(くだもの)、眼鏡(めがね)

② 國名、地名等專有名詞和演藝、文化等專門領域的單字中，也使用了「常用漢字表(じょうようかんじひょう)」中沒列出的漢字和音訓。

例：大阪(おおさか)、奈良(なら)、歌舞伎(かぶき)

2) 雖然使用了「常用漢字表(じょうようかんじひょう)」及「付表(ふひょう)」中列出的漢字，並附有假名讀音，但爲了方便學習者，也有只用假名而不用漢字的。

例：ある（有(あ)る・在(あ)る）、たぶん（多分(たぶん)）、きのう（昨日(きのう)）

3) 數字原則上使用阿拉伯數字。

例：9時(くじ)、4月1日(しがつついたち)、1つ(ひと)

但是，以下情況使用漢字數字。

例：一人(ひとり)で、一度(いちど)、一万円札(いちまんえんさつ)

## IV. 其他

1) 可以省略的詞句放在［ ］中

例：父(ちち)は 54［歳(さい)］です。

2) 有另外一種不同說法時，放在（ ）內。

例：トイレ（お手洗(てあら)い）

3)「翻譯、文法解釋」中可以替換的部分用～表示。

例：～は いかがですか。

但是，替換部分是數字時，用…表示。

例：…歳(さい)、…円(えん)、…時間(じかん)

# 致學習者們

## —有效的學習方法—

1. 熟記單字

本教科書裡每課都有新的單字出現。首先，應邊聽錄音帶邊記住正確的發音和語調。並且一定要用新單字練習短句造句。除了單字之外，記住在句子中的用法也很重要。

2. 做句型的練習

掌握句型的正確含意，反覆做「練習A、B」直到充分掌握形態。尤其是「練習B」更應該讀出聲來做練習。句型練習結束後，看「例句」來確認各種用法是否已經熟練。

3. 做會話的練習

句型練習之後是會話練習，「會話」提供了在日本生活的外國人日常生活中會遭遇到的各種場面。爲了適應這樣的會話，首先便應以「練習C」 做充分的練習。

練習時，不要只做句型本身的練習，應繼續話題發展會話內容。進而記住會話練習中與情境相應的談話要領。

4. 反覆聽有聲CD或錄音帶

在做練習A、B、C及會話練習時，爲了掌握正確的發音和語調，便應該邊聽錄音帶邊出聲練習。還有，爲了適應日語的語音和速度，培養聽力，更應反覆傾聽有聲CD或錄音帶。

5. 一定要預習、複習

爲了不忘記課堂上所學，上課當天就一定要複習完畢，而且最後應完成「練習題」，將當日所學做總整理。

另外，如果有時間，應先看好下一課要學的單字和文法。做好了基本的準備之後，自然能提高下一課的學習效率。

6. 嘗試實際說話

並不是只有教室裡才是學習的場所，請嘗試使用學過的日語和日本人交談看看。

學過的東西馬上就用才是進步的捷徑。

按以上的方法學完本書後，就能掌握日常生活中必須的基本語彙和基本的表達方式。

# 目次

ページ

第　14　課 ………………………………………… 16
単語
文型
1. ちょっと　待って　ください。
2. ミラーさんは　今　電話を　かけて　います。
会話：梅田まで　行って　ください

第　15　課 ………………………………………… 26
単語
文型
1. 写真を　撮っても　いいです。
2. サントスさんは　パソコンを　持って　います。
会話：ご家族は？

第　16　課 ………………………………………… 36
単語
文型
1. 朝　ジョギングを　して、シャワーを　浴びて、会社へ　行きます。
2. コンサートが　終わってから、レストランで　食事を　しました。
3. 大阪は　食べ物が　おいしいです。
4. この　パソコンは　軽くて、便利です。
会話：使い方を　教えて　ください

第　17　課 ………………………………………… 46
単語
文型
1. ここで　写真を　撮らないで　ください。
2. パスポートを　見せなければ　なりません。
3. レポートは　出さなくても　いいです。
会話：どう　しましたか

第(だい) 18 課(か) …… 56

単語(たんご)

文型(ぶんけい)

1. ミラーさんは　漢字(かんじ)を　読(よ)む　ことが　できます。

2. わたしの　趣味(しゅみ)は　映画(えいが)を　見(み)る　ことです。

3. 寝(ね)る　まえに　日記(にっき)を　書(か)きます。

会話(かいわ)：趣味(しゅみ)は　何(なん)ですか

第(だい) 19 課(か) …… 66

単語(たんご)

文型(ぶんけい)

1. 相撲(すもう)を　見(み)た　ことが　あります。

2. 休(やす)みの　日(ひ)は　テニスを　したり、散歩(さんぽ)に　行(い)ったり　します。

3. これから　だんだん　暑(あつ)く　なります。

会話(かいわ)：ダイエットは　あしたから　します

復習(ふくしゅう)C …… 76

第(だい) 20 課(か) …… 78

単語(たんご)

文型(ぶんけい)

1. サントスさんは　パーティーに　来(こ)なかった。

2. 日本(にほん)は　物価(ぶっか)が　高(たか)い。

3. 沖縄(おきなわ)の　海(うみ)は　きれいだった。

4. きょうは　僕(ぼく)の　誕生日(たんじょうび)だ。

会話(かいわ)：夏休(なつやす)みは　どう　するの？

第(だい) 21 課(か) …… 88

単語(たんご)

文型(ぶんけい)

1. あした　雨(あめ)が　降(ふ)ると　思(おも)います。

2. 首相(しゅしょう)は　来月(らいげつ)　アメリカへ　行(い)くと　言(い)いました。

会話(かいわ)：わたしも　そう　思(おも)います

第 22 課 …………………………………… 98

単語

文型

1. これは　ミラーさんが　作った　ケーキです。

2. あそこに　いる　人は　ミラーさんです。

3. きのう　習った　ことばを　忘れました。

4. 買い物に　行く　時間が　ありません。

会話：どんな　アパートが　いいですか

復習D …………………………………… 108

第 23 課 …………………………………… 110

単語

文型

1. 図書館で　本を　借りる　とき、カードが　要ります。

2. この　ボタンを　押すと、お釣りが　出ます。

会話：どうやって　行きますか

第 24 課 …………………………………… 120

単語

文型

1. 佐藤さんは　わたしに　クリスマスカードを　くれました。

2. わたしは　木村さんに　本を　貸して　あげました。

3. わたしは　山田さんに　病院の　電話番号を　教えて　もらいました。

4. 母は　わたしに　セーターを　送って　くれました。

会話：手伝って　くれますか

第 25 課 …………………………………… 130

単語

文型

1. 雨が　降ったら、出かけません。

2. 雨が　降っても、出かけます。

会話：いろいろ　お世話に　なりました

復習E …… 140
助詞 …… 142
フォームの　使い方 …… 144
接続の　いろいろ …… 147
副詞、副詞的　表現 …… 148
付表 …… 151
日・中・英對照國名 …… 160
索引 …… 167

# ー　会話(かいわ)の　登場人物(とうじょうじんぶつ)　ー

マイク・ミラー
アメリカ、IMCの　社員(しゃいん)

佐藤(さとう)　けいこ
日本(にほん)、IMCの　社員(しゃいん)

ホセ・サントス
ブラジル、ブラジルエアーの　社員(しゃいん)

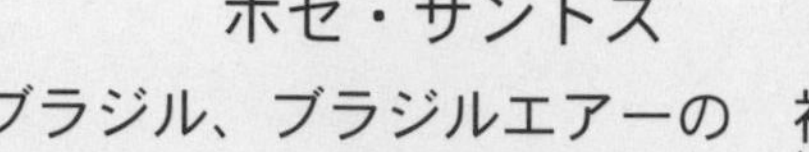

マリア・サントス
ブラジル、主婦(しゅふ)

ワン　シュエ
中国(ちゅうごく)、神戸病院(こうべびょういん)の　医者(いしゃ)

カリナ
インドネシア、富士大学(ふじだいがく)の　学生(がくせい)

山田(やまだ)　一郎(いちろう)
日本(にほん)、IMCの　社員(しゃいん)

松本(まつもと)　正(ただし)
日本(にほん)、IMCの　部長(ぶちょう)

山田(やまだ)　友子(ともこ)
日本(にほん)、銀行員(ぎんこういん)

松本(まつもと)　良子(よしこ)
日本(にほん)、主婦(しゅふ)

木村(きむら)　いずみ
日本(にほん)、アナウンサー

## ー　その他(た)の　登場人物(とうじょうじんぶつ)　ー

ワット
イギリス、さくら大学(だいがく)の　先生(せんせい)

シュミット
ドイツ、パワー電気(でんき)の
エンジニア

イー
韓国(かんこく)、AKCの　研究者(けんきゅうしゃ)

テレサ
ブラジル、小学生(しょうがくせい)、9歳(さい)
ホセ・サントスと　マリアの　娘(むすめ)

タワポン
タイ、日本語学校(にほんごがっこう)の　学生(がくせい)

グプタ
インド、IMCの　社員(しゃいん)

太郎(たろう)
日本(にほん)、小学生(しょうがくせい)、8歳(さい)
山田(やまだ)　一郎(いちろう)と　友子(ともこ)の　息子(むすこ)

※IMC　（コンピューターの　ソフトウェアの　会社(かいしゃ)）
※AKC　（アジア研究(けんきゅう)センター）

# 14 梅田まで　行って　ください

うめだ　い

## 単語

たん　ご

| | | | |
|---|---|---|---|
| 1. | つけます Ⅱ | | 打開（電燈、冷氣等） |
| 2. | けします Ⅰ | 消します | 關掉（電燈、冷氣等） |
| 3. | あけます Ⅱ | 開けます | 打開（門、窗等） |
| 4. | しめます Ⅱ | 閉めます | 關閉（門、窗等） |
| 5. | いそぎます Ⅰ | 急ぎます | 趕快，緊急 |
| 6. | まちます Ⅰ | 待ちます | 等待 |
| 7. | とめます Ⅱ | 止めます | 停止，停車 |
| 8. | まがります Ⅰ<br>［みぎへ～］ | 曲がります<br>［右へ～］ | 轉向〔右邊〕 |
| 9. | もちます Ⅰ | 持ちます | 持有，攜帶 |
| 10. | とります Ⅰ | 取ります | 拿，持 |
| 11. | てつだいます Ⅰ | 手伝います | 幫忙，幫助 |
| 12. | よびます Ⅰ | 呼びます | 呼叫，呼喚 |
| 13. | はなします Ⅰ | 話します | 講，說 |
| 14. | みせます Ⅱ | 見せます | 出示，讓人看 |
| 15. | おしえます Ⅱ<br>［じゅうしょを～］ | 教えます<br>［住所を～］ | 告訴〔地址〕 |
| 16. | はじめます Ⅱ | 始めます | 開始 |
| 17. | ふります Ⅰ<br>［あめが～］ | 降ります<br>［雨が～］ | 下〔雨〕 |
| 18. | コピーします Ⅲ | | 影印 |
| 19. | エアコン | | 冷暖氣機，空調機 |
| 20. | パスポート | | 護照 |
| 21. | なまえ | 名前 | 名字，姓名 |
| 22. | じゅうしょ | 住所 | 地址，住址 |

| | | |
|---|---|---|
| 23. ちず | 地図 | 地圖 |
| 24. しお | 塩 | 鹽巴 |
| 25. さとう | 砂糖 | 砂糖 |
| 26. よみかた | 読み方 | 唸法，讀法 |
| 27. ～かた | ～方 | ～方式，～方法 |
| 28. ゆっくり | | 慢慢地 |
| 29. すぐ | | 馬上，立刻 |
| 30. また | | 再，又 |
| 31. あとで | | 等一下，稍後 |
| 32. もう　すこし | もう　少し | 再多一些 |
| 33. もう　～ | | 再～，另外的～ |
| 34. いいですよ。 | | 好呀。／可以呀。 |
| 35. さあ | | 好啦（提議做某事時用） |
| 36. あれ？ | | 什麼？（表示驚訝） |

## 会話（かいわ）

| | |
|---|---|
| 1. 信号（しんごう）を　右（みぎ）へ　曲（ま）がって　ください。 | 請在紅綠燈處右轉。 |
| 2. まっすぐ | 直直地 |
| 3. これで　お願（ねが）いします。 | 我用這付錢。 |
| 4. お釣（つ）り | 零錢 |
| 5. 梅田（うめだ） | 大阪的地名 |

# 14

## 文型

1. ちょっと　待って　ください。
2. ミラーさんは　今　電話を　かけて　います。

## 例文

1. ここに　住所と　名前を　書いて　ください。
…はい、わかりました。

2. あの　シャツを　見せて　ください。
…はい、どうぞ。
もう　少し　大きいのは　ありませんか。
…はい。　この　シャツは　いかがですか。

3. すみませんが、この　漢字の　読み方を　教えて　ください。
…それは　「かきとめ」ですよ。

4. 暑いですね。　窓を　開けましょうか。
…すみません。　お願いします。

5. 駅まで　迎えに　行きましょうか。
…いいえ、けっこうです。　タクシーで　行きますから。

6. 佐藤さんは　どこですか。
…今　会議室で　松本さんと　話して　います。
じゃ、また　あとで　来ます。

# 会話(かいわ)　梅田(うめだ)まで　行(い)って　ください

カリナ：梅田(うめだ)まで　お願(ねが)いします。

運転手(うんてんしゅ)：はい。

---

カリナ：すみません。　あの　信号(しんごう)を　右(みぎ)へ　曲(ま)がって　ください。

運転手(うんてんしゅ)：右(みぎ)ですね。

カリナ：ええ。

---

運転手(うんてんしゅ)：まっすぐですか。

カリナ：ええ、まっすぐ　行(い)って　ください。

---

カリナ：あの　花屋(はなや)の　前(まえ)で　止(と)めて　ください。

運転手(うんてんしゅ)：はい。

1,800円(えん)です。

カリナ：これで　お願(ねが)いします。

運転手(うんてんしゅ)：3,200円(えん)の　お釣(つ)りです。　ありがとう　ございました。

## 練習A（れんしゅう）

1.

| | ます形（けい） | | | て形（けい） | | |
|---|---|---|---|---|---|---|
| I | か | き | ます | か | い | て |
| | い | き | ます | *い | っ | て |
| | いそ | ぎ | ます | いそ | い | で |
| | の | み | ます | の | ん | で |
| | よ | び | ます | よ | ん | で |
| | かえ | り | ます | かえ | っ | て |
| | か | い | ます | か | っ | て |
| | ま | ち | ます | ま | っ | て |
| | か | し | ます | か | し | て |

| | ます形（けい） | | て形（けい） | |
|---|---|---|---|---|
| II | たべ | ます | たべ | て |
| | ね | ます | ね | て |
| | おき | ます | おき | て |
| | かり | ます | かり | て |
| | み | ます | み | て |
| | い | ます | い | て |

| | ます形（けい） | | て形（けい） | |
|---|---|---|---|---|
| III | き | ます | き | て |
| | し | ます | し | て |
| | さんぽし | ます | さんぽし | て |

2.

| 左（ひだり）へ | まがって | ください。 |
|---|---|---|
| | いそいで | |

3. すみませんが、

| 塩（しお）を | とって | ください。 |
|---|---|---|
| 電話番号（でんわばんごう）を | おしえて | |

4.

| | てつだい | ましょうか。 |
|---|---|---|
| 迎（むか）えに | いき | |
| 砂糖（さとう）を | とり | |

5. ミラーさんは　今（いま）

| レポートを | よんで | います。 |
|---|---|---|
| ビデオを | みて | |
| 日本語（にほんご）を | べんきょうして | |
| | なにを　して | ………か。 |

## 練習(れんしゅう)B

1. 例(れい)： → パスポートを　見(み)せて　ください。

   1) →　　2) →　　3) →　　4) →

2. 例(れい)： ちょっと　手伝(てつだ)います

   → すみませんが、ちょっと　手伝(てつだ)って　ください。

   1) エアコンを　つけます →
   2) ドアを　閉(し)めます →
   3) もう　少(すこ)し　ゆっくり　話(はな)します →
   4) 写真(しゃしん)を　もう　1枚(まい)　撮(と)ります →

3. 例(れい)： 窓(まど)を　開(あ)けます（少(すこ)し） → 窓(まど)を　開(あ)けましょうか。

   ……ええ、少(すこ)し　開(あ)けて　ください。

   1) これを　コピーします（5枚(まい)） →
   2) レポートを　送(おく)ります（すぐ） →
   3) タクシーを　呼(よ)びます（2台(だい)） →
   4) あしたも　来(き)ます（10時(じ)） →

4. 例(れい)1： 電気(でんき)を　消(け)します（ええ） → 電気(でんき)を　消(け)しましょうか。

   ……ええ、お願(ねが)いします。

   例(れい)2： 手伝(てつだ)います（いいえ） → 手伝(てつだ)いましょうか。

   ……いいえ、けっこうです。

   1) 地図(ちず)を　かきます（ええ） →
   2) 荷物(にもつ)を　持(も)ちます（いいえ） →

3)　エアコンを　つけます（いいえ）→

4)　駅(えき)まで　迎(むか)えに　行(い)きます（ええ）→

5.　例(れい)：→　今(いま)　手紙(てがみ)を　書(か)いて　います。

1)　→　　2)　→　　3)　→　　4)　→

6.　例(れい)：　山田(やまだ)さん　→　山田(やまだ)さんは　何(なに)を　して　いますか。

……子(こ)どもと　遊(あそ)んで　います。

1)　ミラーさん　→　　2)　ワンさん　→

3)　カリナさん　→　　4)　サントスさん　→

7.　例(れい)：　カリナさんは　何(なに)を　かいて　いますか。　→　花(はな)を　かいて　います。

1)　山田(やまだ)さんは　だれと　遊(あそ)んで　いますか。　→

2)　サントスさんは　どこで　寝(ね)て　いますか。　→

3)　ワンさんは　何(なに)を　読(よ)んで　いますか。　→

4)　ミラーさんは　だれと　話(はな)して　いますか。　→

## 練習(れんしゅう)C

1. A：すみません。

 B：はい。

 A：ちょっと ①ボールペンを 貸(か)して ください。

 B：②はい、どうぞ。

 1) ① 塩(しお)を 取(と)ります
  ② はい、どうぞ
 2) ① 手伝(てつだ)います
  ② いいですよ
 3) ① この 荷物(にもつ)を 持(も)ちます
  ② いいですよ

2. A：①荷物(にもつ)が 多(おお)いですね。 ②1(ひと)つ 持(も)ちましょうか。

 B：すみません。 お願(ねが)いします。

 1) ① 暑(あつ)いです
  ② 窓(まど)を 開(あ)けます
 2) ① ちょっと 寒(さむ)いです
  ② エアコンを 消(け)します
 3) ① 雨(あめ)が 降(ふ)って います
  ② タクシーを 呼(よ)びます

3. A：さあ、会議(かいぎ)を 始(はじ)めましょう。
 あれ？ ミラーさんは？

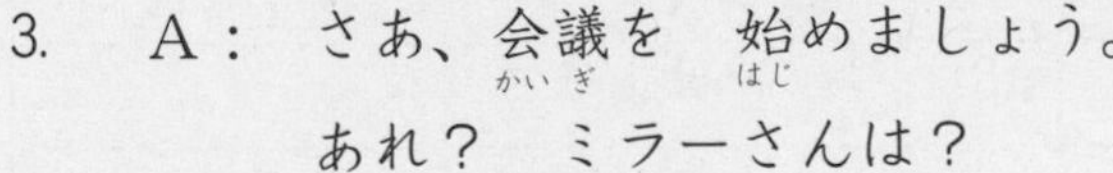

 B：今(いま) 電話(でんわ)を かけて います。

 A：そうですか。
 じゃ、ちょっと 待(ま)ちましょう。

 1) 松本(まつもと)さんと 話(はな)します
 2) 東京(とうきょう)に レポートを 送(おく)ります
 3) コピーします

## 問題(もんだい)

1\.
1)
2)
3)
4)
5)

2\.
1) ①
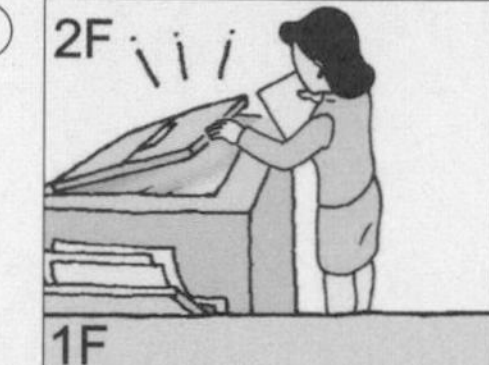

②
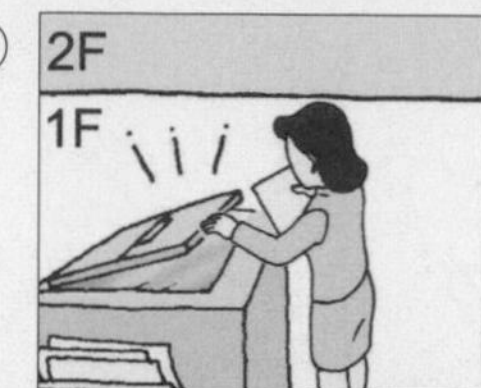

③

2) ①
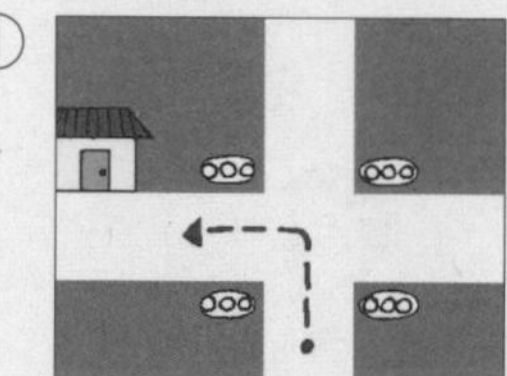
②
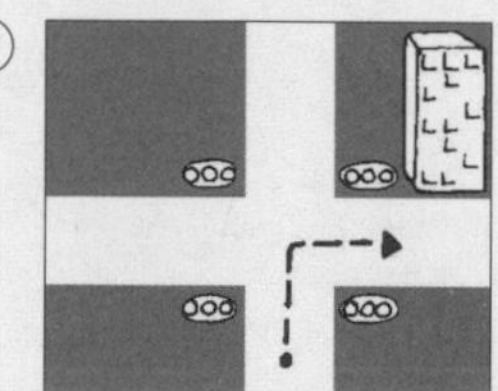
③
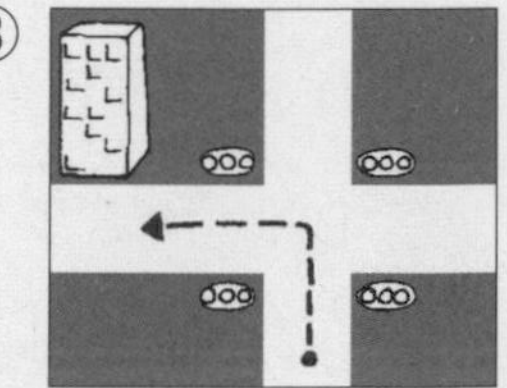

3\.

1) (　　) 2) (　　) 3) (　　)

4\.

| 例(れい): 書(か)きます | 書(か)いて | 7) 買(か)います | |
|---|---|---|---|
| 1) 行(い)きます | | 8) 貸(か)します | |
| 2) 急(いそ)ぎます | | 9) 食(た)べます | |
| 3) 飲(の)みます | | 10) 起(お)きます | |
| 4) 遊(あそ)びます | | 11) 見(み)ます | |
| 5) 待(ま)ちます | | 12) 勉強(べんきょう)します | |
| 6) 帰(かえ)ります | | 13) 来(き)ます | |

5. 例：　すみませんが、ボールペンを　（　貸して　）　ください。

| 閉めます　~~貸します~~　待ちます　来ます　急ぎます |
|---|

1)　時間が　ありませんから、（　　　　　）　ください。

2)　今　忙しいですから、また　あとで　（　　　　　）　ください。

3)　さあ、行きましょう。

……すみません、ちょっと　（　　　　　）　ください。

4)　寒いですから、ドアを　（　　　　　）　ください。

6. 例：　山田さんは　今　昼ごはんを　（　食べて　）　います。

| 降ります　泳ぎます　~~食べます~~　遊びます　します |
|---|

1)　テレサちゃんは　どこですか。

……2階です。　太郎君と　（　　　　　）　いますよ。

2)　雨が　（　　　　　）　いますね。　タクシーを　呼びましょうか。

3)　サントスさんは　今　何を　（　　　　　）　いますか。

……プールで　（　　　　　）　います。

7.

手紙

マリアさん　お元気ですか。　毎日　暑いですね。　わたしと　太郎は　今　両親の　うちに　います。　両親の　うちは　海の　近くに　あります。　太郎は　毎日　泳ぎに　行きます。　時々　釣りも　します。　ここの　魚は　おいしいです。　週末に　夫も　来ます。

マリアさんも　ホセさん、テレサちゃんと　いっしょに　遊びに　来て　ください。　駅まで　車で　迎えに　行きます。

待って　います。

山田友子

1)（　　　）　友子さんは　ご主人と　太郎君と　3人で　両親の　うちへ　来ました。

2)（　　　）　太郎君は　毎日　釣りを　します。

3)（　　　）　海の　近くですから、ここの　魚は　おいしいです。

4)（　　　）　友子さんは　車が　ありません。

# 15

# ご家族は？
かぞく

## 単語
たんご

| | | | |
|---|---|---|---|
| 1. | たちます Ⅰ | 立ちます | 站，立 |
| 2. | すわります Ⅰ | 座ります | 坐 |
| 3. | つかいます Ⅰ | 使います | 使用，用 |
| 4. | おきます Ⅰ | 置きます | 放置，擺放 |
| 5. | つくります Ⅰ | 作ります、造ります | 做，製造 |
| 6. | うります Ⅰ | 売ります | 賣，銷售 |
| 7. | しります Ⅰ | 知ります | 知道 |
| 8. | すみます Ⅰ | 住みます | 居住 |
| 9. | けんきゅうします Ⅲ | 研究します | 研究 |
| 10. | しって　います | 知って　います | 知道（知道後的狀態） |
| 11. | すんで　います［おおさかに～］ | 住んで　います［大阪に～］ | 居住〔在大阪〕 |
| 12. | しりょう | 資料 | 資料 |
| 13. | カタログ | | 產品目錄 |
| 14. | じこくひょう | 時刻表 | 時刻表 |
| 15. | ふく | 服 | 衣服 |
| 16. | せいひん | 製品 | 產品，商品 |
| 17. | ソフト | | 軟體 |
| 18. | せんもん | 専門 | 專業，專長 |
| 19. | はいしゃ | 歯医者 | 牙科醫生 |
| 20. | とこや | 床屋 | 理髮店，理髮師 |
| 21. | プレイガイド | | （劇場等的）門票預售處 |
| 22. | どくしん | 独身 | 單身，未婚 |

## 会話（かいわ）

1. 特に（とく） 尤其，特別
2. 思い出します（おもいだします） I 想起來
3. ご家族（ごかぞく） 您的家人
4. いらっしゃいます I 有，在（是います的禮貌形）
5. 高校（こうこう） 高級中學，高中
6. 日本橋（にっぽんばし） 大阪的一商業區名稱

## 文型(ぶんけい)

1. 写真(しゃしん)を　撮(と)っても　いいです。
2. サントスさんは　パソコンを　持(も)って　います。

## 例文(れいぶん)

1. この　カタログを　もらっても　いいですか。
…ええ、いいですよ。　どうぞ。

2. この　辞書(じしょ)を　借(か)りても　いいですか。
…すみません、ちょっと……。　今(いま)　使(つか)って　います。

3. ここで　遊(あそ)んでは　いけません。
…はい。

4. 市役所(しやくしょ)の　電話番号(でんわばんごう)を　知(し)って　いますか。
…いいえ、知(し)りません。

5. マリアさんは　どこに　住(す)んで　いますか。
…大阪(おおさか)に　住(す)んで　います。

6. ワンさんは　独身(どくしん)ですか。
…いいえ、結婚(けっこん)して　います。

7. お仕事(しごと)は　何(なん)ですか。
…教師(きょうし)です。　富士大学(ふじだいがく)で　教(おし)えて　います。
専門(せんもん)は？
…日本(にほん)の　美術(びじゅつ)です。

会話(かいわ)

## ご家族(かぞく)は？

ミラー：　きょうの　映画(えいが)は　よかったですね。

木村(きむら)：　ええ。　特(とく)に　あの　お父(とう)さんは　よかったですね。

ミラー：　ええ。　わたしは　家族(かぞく)を　思(おも)い出(だ)しました。

木村(きむら)：　そうですか。　ミラーさんの　ご家族(かぞく)は？

ミラー：　両親(りょうしん)と　姉(あね)が　１人(ひとり)　います。

木村(きむら)：　どちらに　いらっしゃいますか。

ミラー：　両親(りょうしん)は　ニューヨークの　近(ちか)くに　住(す)んで　います。
姉(あね)は　ロンドンです。
木村(きむら)さんの　ご家族(かぞく)は？

木村(きむら)：　３人(にん)です。　父(ちち)は　銀行員(ぎんこういん)です。
母(はは)は　高校(こうこう)で　英語(えいご)を　教(おし)えて　います。

## 練習(れんしゅう)A

1.

| | | |
|---|---|---|
| 鉛筆(えんぴつ)で | かいて | も　いいですか。 |
| この　電話(でんわ)を | つかって | |
| ここに | すわって | |

2.

| | | |
|---|---|---|
| お酒(さけ)を | のんで | は　いけません。 |
| ここで　写真(しゃしん)を | とって | |
| ここに　自転車(じてんしゃ)を | とめて | |

3.

| | | | |
|---|---|---|---|
| わたしは | 京都(きょうと)に | すんで | います。 |
| | マリアさんを | しって | |
| | | けっこんして | |

4.

| | | | |
|---|---|---|---|
| ミラーさんは | IMC で | はたらいて | います。 |
| | 会社(かいしゃ)で　英語(えいご)を | おしえて | |
| | 日本語学校(にほんごがっこう)で　日本語(にほんご)を | べんきょうして | |

## 練習(れんしゅう)B

1. 例(れい)：　パソコンを　使(つか)います
　　　→　パソコンを　使(つか)っても　いいですか。
   1)　帰(かえ)ります　→
   2)　テレビを　消(け)します　→
   3)　たばこを　吸(す)います　→
   4)　窓(まど)を　開(あ)けます　→

2. 例(れい)：　ここで
　　　→　ここで　たばこを　吸(す)っては　いけません。
   1)　ここで　→
   2)　ここで　→
   3)　ここに　→
   4)　ここに　→

3. 例(れい)1：　→　この　傘(かさ)を　借(か)りても　いいですか。
　　　……ええ、いいですよ。　どうぞ。
   例(れい)2：　→　たばこを　吸(す)っても　いいですか。
　　　……すみません。　ちょっと……。

   1)　→　　2)　→　　3)　→　　4)　→

4. 例(れい)1： ミラーさんを　知(し)って　いますか。(はい)

→　はい、知(し)って　います。

例(れい)2： ミラーさんは　車(くるま)を　持(も)って　いますか。(いいえ)

→　いいえ、持(も)って　いません。

1) ミラーさんは　結婚(けっこん)して　いますか。(いいえ)　→

2) ミラーさんは　大阪(おおさか)に　住(す)んで　いますか。(はい)　→

3) ミラーさんは　自転車(じてんしゃ)を　持(も)って　いますか。(はい)　→

4) ミラーさんの　住所(じゅうしょ)を　知(し)って　いますか。(いいえ)　→

5. 例(れい)： どこで　安(やす)い　電気製品(でんきせいひん)を　売(う)って　いますか。(大阪(おおさか)の　日本橋(にっぽんばし))

→　大阪(おおさか)の　日本橋(にっぽんばし)で　売(う)って　います。

1) IMCは　何(なに)を　作(つく)って　いますか。(コンピューターソフト)　→

2) あの　店(みせ)で　何(なに)を　売(う)って　いますか。(古(ふる)い　服(ふく))　→

3) さくら大学(だいがく)は　どこの　コンピューターを　使(つか)って　いますか。(パワー電気(でんき))　→

4) どこで　コンサートの　チケットを　売(う)って　いますか。(プレイガイド)　→

6. 例(れい)： シュミットさん・どこ・働(はたら)きますか（パワー電気(でんき)）

→　シュミットさんは　どこで　働(はたら)いて　いますか。

……パワー電気(でんき)で　働(はたら)いて　います。

1) イーさん・何(なに)・研究(けんきゅう)しますか（経済(けいざい)）　→

2) 山田友子(やまだともこ)さん・どこ・働(はたら)きますか（アップル銀行(ぎんこう)）　→

3) カリナさん・何(なに)・勉強(べんきょう)しますか（美術(びじゅつ)）　→

4) ワットさん・どこ・教(おし)えますか（さくら大学(だいがく)）　→

## 練習(れんしゅう)C

1. A：この　カタログ、もらっても　いいですか。

　B：ええ、どうぞ。

　A：どうも。

　1）　資料(しりょう)

　2）　地図(ちず)

　3）　時刻表(じこくひょう)

2. A：山田(やまだ)さんの　電話番号(でんわばんごう)を　知(し)って　いますか。

　B：ええ。

　A：すみませんが、教(おし)えて　ください。

　1）　松本(まつもと)さんの　住所(じゅうしょ)

　2）　安(やす)い　床屋(とこや)

　3）　いい　歯医者(はいしゃ)

3. A：お名前(なまえ)は？

　B：①ミラーです。

　A：お仕事(しごと)は？

　B：②会社員(かいしゃいん)です。

　③コンピューターの　会社(かいしゃ)で　働(はたら)いて　います。

　1）　①　ワット　　②　教師(きょうし)

　　　③　大学(だいがく)で　英語(えいご)を　教(おし)えます

　2）　①　カリナ　　②　学生(がくせい)

　　　③　富士大学(ふじだいがく)で　勉強(べんきょう)します

　3）　①　ワン　　②　医者(いしゃ)

　　　③　神戸(こうべ)の　病院(びょういん)で　働(はたら)きます

## 問題(もんだい)

1. 1) ______________________

   2) ______________________

   3) ______________________

   4) ______________________

   5) ______________________

2. 1) (　　)　　2) (　　)　　3) (　　)

   4) (　　)　　5) (　　)

3.

| 例(れい)：　食べ(た)て | 食べ(た)ます | 5)　借り(か)て | |
|---|---|---|---|
| 1)　休(やす)んで | | 6)　迎(むか)えて | |
| 2)　食事(しょくじ)して | | 7)　待(ま)って | |
| 3)　来(き)て | | 8)　話(はな)して | |
| 4)　書(か)いて | | 9)　止(と)めて | |

4. 例(れい):　この　辞書(じしょ)、借(か)りても　いいですか。

　……すみません、今(いま)　使(つか)って　いますから。

| 店(みせ)の　前(まえ)です　　わたしのじゃ　ありません　　~~今(いま)　使(つか)って　います~~ |
|---|
| 映画(えいが)を　見(み)たいです　　市役所(しやくしょ)へ　外国人登録(がいこくじんとうろく)に　行(い)きます |

1) ここに　車(くるま)を　止(と)めても　いいですか。

　……すみません、______________から。

2) ______________から　あしたの　午後(ごご)　休(やす)んでも　いいですか。

　……ええ、いいですよ。

3) ______________から　テレビを　つけても　いいですか。

　……どうぞ。

4) この　傘(かさ)、使(つか)っても　いいですか。

　……すみません、______________から。

5. 例1：　日本で　20歳から　たばこを　（　吸います→　吸っても　いいです　）。

　例2：　エレベーターで　（　遊びます→　遊んでは　いけません　）。

　1)　図書館で　食べ物を　（　食べます→　　　　　　　　　　　）。

　2)　先生、終わりました。

　　……じゃ、（　帰ります→　　　　　　　　　　　）。

　3)　試験ですから、隣の　人と　（　話します→　　　　　　　　　　　）。

　4)　子どもは　お酒を　（　飲みます→　　　　　　　　　　　）。

6. 例：　ミラーさんは　IMCで　（　働いて　）　います。

| 持ちます | 作ります | ~~働きます~~ | 結婚します | 住みます |
|---|---|---|---|---|

　1)　ミラーさんは　大阪に　（　　　　　　　）　います。

　2)　IMCは　コンピューターソフトを　（　　　　　　　）　います。

　3)　ミラーさんは　（　　　　　　　）　いません。　独身です。

　4)　ミラーさんは　パソコンを　（　　　　　　　）　います。

7.

**わたしは　だれですか**

　わたしは　とても　寒い　所に　住んで　います。　わたしは　赤い　服が　好きです。　赤い　服は　暖かいです。　わたしは　1年に　1日だけ　働きます。　それは　12月　24日です。　24日の　夜　すてきな　プレゼントを　いろいろな　国の　子どもに　あげます。　わたしは　独身ですから、子どもが　いません。　でも　世界の　子どもは　みんな　わたしを　知って　います。　そして　12月　24日の　夜　わたしの　プレゼントを　待って　います。　わたしは　この　仕事が　とても　好きです。

例：　この　人の　うちは　どんな　所に　ありますか。

　……寒い　所に　あります。

　1)　この　人は　結婚して　いますか。……

　2)　この　人は　いつ　仕事を　しますか。……

　3)　この　人の　名前を　知って　いますか。……

　4)　あなたも　この　人に　プレゼントを　もらいましたか。……

# 16 使い方を　教えて　ください

つか　かた　おし

## 単語

たん　ご

| | | |
|---|---|---|
| 1. のります Ｉ<br>［でんしゃに～］ | 乗ります<br>［電車に～］ | 搭乘〔電車〕 |
| 2. おります Ⅱ<br>［でんしゃを～］ | 降ります<br>［電車を～］ | 下〔電車〕 |
| 3. のりかえます Ⅱ | 乗り換えます | 換車 |
| 4. あびます Ⅱ<br>［シャワーを～］ | 浴びます | 沖〔淋浴〕 |
| 5. いれます Ⅱ | 入れます | 放入，放進 |
| 6. だします Ｉ | 出します | 拿出，取出 |
| 7. はいります Ｉ<br>［だいがくに～］ | 入ります<br>［大学に～］ | 進入，上〔大學〕 |
| 8. でますⅡ<br>［だいがくを～］ | 出ます<br>［大学を～］ | 出，〔大學〕畢業 |
| 9. やめます Ⅱ<br>［かいしゃを～］ | <br>［会社を～］ | 停止，放棄，辭〔職〕 |
| 10. おします Ｉ | 押します | 推，按 |
| 11. わかい | 若い | 年輕的 |
| 12. ながい | 長い | 長的 |
| 13. みじかい | 短い | 短的 |
| 14. あかるい | 明るい | 明亮的 |
| 15. くらい | 暗い | 昏暗的 |
| 16. せが　たかい | 背が　高い | 個子高的 |
| 17. あたまが　いい | 頭が　いい | 頭腦好的，聰明的 |
| 18. からだ | 体 | 身體 |
| 19. あたま | 頭 | 頭 |
| 20. かみ | 髪 | 頭髮 |
| 21. かお | 顔 | 臉 |
| 22. め | 目 | 眼睛 |
| 23. みみ | 耳 | 耳朵 |
| 24. くち | 口 | 嘴巴 |
| 25. は | 歯 | 牙齒 |

26. おなか　　肚子
27. あし　足　腳，腿
28. サービス　　服務
29. ジョギング　　慢跑（～を　します：慢跑）
30. シャワー　　淋浴
31. みどり　緑　綠色，綠意
32. ［お］てら　［お］寺　寺廟
33. じんじゃ　神社　神社
34. りゅうがくせい　留学生　留學生
35. …ばん　…番　…號
36. どうやって　　怎樣，如何
37. どの～　　哪個～（用於三者或以上）
38. ［いいえ、］まだまだです。　　〔不，〕還不行。還差得遠。

## 会話（かいわ）

1. お引（ひ）き出（だ）しですか。　　您提款嗎？
2. まず　　首先
3. キャッシュカード　　提款卡，金融卡
4. 暗証番号（あんしょうばんごう）　　密碼
5. 次（つぎ）に　　然後，下個步驟
6. 金額（きんがく）　　金額
7. 確認（かくにん）　　確認（～します：進行確認）
8. ボタン　　按鈕
9. JR　　日本民營鐵路
10. アジア　　亞洲
11. バンドン　　萬隆（印尼的地名）
12. ベラクルス　　韋拉克魯斯（墨西哥的地名）
13. フランケン　　弗朗肯（德國的地名）
14. ベトナム　　越南
15. フエ　　順化（越南的地名）
16. 大学前（だいがくまえ）　　大學前（虛構的公共汽車站名）

## 文型

1. 朝　ジョギングを　して、シャワーを　浴びて、会社へ
あさ　　　　　　　　　　　　　　　　　　あ　　　　　　かいしゃ
　行きます。
2. コンサートが　終わってから、レストランで　食事を　しました。
3. 大阪は　食べ物が　おいしいです。
4. この　パソコンは　軽くて、便利です。
かる　　　べんり

## 例文
れいぶん

1. きのう　何を　しましたか。
なに
…図書館へ　行って、本を　借りて、それから　友達に
としょかん　い　　　ほん　か　　　　　　　　ともだち
　会いました。
2. 大学まで　どうやって　行きますか。
だいがく　　　　　　　　　い
…京都駅から　16番の　バスに　乗って、大学前で　降ります。
きょうとえき　　ばん　　　　　の　　だいがくまえ　お

3. 国へ　帰ってから、何を　しますか。
くに　かえ　　　　　なに
…父の　会社で　働きます。
ちち　かいしゃ　はたら

4. サントスさんは　どの　人ですか。
ひと
…あの　背が　高くて、髪が　黒い　人です。
せ　たか　　　かみ　くろ　ひと

5. 奈良は　どんな　町ですか。
…静かで、きれいな　町です。
6. あの　人は　だれですか。
…カリナさんです。　インドネシア人で、富士大学の
じん　ふじだいがく
　留学生です。

## 会話(かいわ)　　使(つか)い方(かた)を　教(おし)えて　ください

マリア：すみませんが、ちょっと　使(つか)い方(かた)を　教(おし)えて　ください。

銀行員(ぎんこういん)：お引(ひ)き出(だ)しですか。

マリア：そうです。

銀行員(ぎんこういん)：じゃ、まず　ここを　押(お)して　ください。

マリア：はい。

銀行員(ぎんこういん)：キャッシュカードは　ありますか。

マリア：はい、これです。

銀行員(ぎんこういん)：それを　ここに　入(い)れて、暗証番号(あんしょうばんごう)を　押(お)して　ください。

マリア：はい。

銀行員(ぎんこういん)：次(つぎ)に　金額(きんがく)を　押(お)して　ください。

マリア：５万円(まんえん)ですが、５……。

銀行員(ぎんこういん)：この　「万(まん)」「円(えん)」を　押(お)します。
それから　この　確認(かくにん)ボタンを　押(お)して　ください。

マリア：はい。　どうも　ありがとう　ございました。

## 練習A
れんしゅう

1. あした 神戸へ いって、 映画を みて、 買い物します。
きのう 本を よんで、 手紙を かいて、 寝ました。
日曜日 10時ごろ おきて、 さんぽして、 食事します。

2. 電話を かけて から、 友達の うちへ 行きます。
仕事が おわって 泳ぎます。
うちへ かえって 晩ごはんを 食べました。

3. カリナさんは せ が たかい です。
め おおきい
かみ みじかい

4. ミラーさんは わかくて、 元気です。
頭が よくて、 おもしろいです。
ハンサムで、 親切です。
28さいで、 独身です。

## 練習B

1. 例：日曜日　名古屋へ　行きます・友達に　会います
れい　にちようび　なごや　い　　　ともだち　あ

　　→　日曜日　名古屋へ　行って、友達に　会います。
にちよう び　なごや　い　　　ともだち　あ

　1)　市役所へ　行きます・外国人登録を　します　→
しやくしょ　い　　　がいこくじんとうろく

　2)　昼　1時間　休みます・午後　5時まで　働きます　→
ひる　じかん　やす　　　ごご　じ　　はたら

　3)　京都駅から　JRに　乗ります・大阪で　地下鉄に　乗り換えます　→
きょうと えき　　　　の　　　おおさか　ちかてつ　の　か

　4)　サンドイッチを　買いました・大阪城公園で　食べました　→
か　　　　おお さかじょうこう えん　た

2. 例：→　6時に　起きて、散歩して、それから　朝ごはんを　食べました。
れい　　　　じ　お　　さんぽ　　　　　　　あさ　　　　た

　1)　→　　　　2)　→　　　　3)　→

3. 例：電話を　かけます・友達の　うちへ　行きます
れい　でんわ　　　　ともだち　　　　い

　　→　電話を　かけてから、友達の　うちへ　行きます。
でん わ　　　　ともだち　　　　い

　1)　銀行で　お金を　出します・買い物に　行きます　→
ぎんこう　かね　だ　　　か もの　い

　2)　仕事が　終わります・飲みに　行きませんか　→

　3)　お金を　入れます・ボタンを　押して　ください　→

　4)　日本へ　来ました・日本語の　勉強を　始めました　→
にほん　き　　　にほんご　べんきょう　はじ

4. 例：大学を　出ます（外国へ　行きます・働きます）
れい　だいがく　で　　がいこく　い　　はたら

　　→　大学を　出てから、何を　しますか。
だいがく　で　　なに

　　　……外国へ　行って、働きます。
がいこく　い　　はたら

1)　お寺(てら)を　見(み)ます（奈良公園(ならこうえん)へ　行(い)きます・昼(ひる)ごはんを　食(た)べます）→

2)　会社(かいしゃ)を　やめます（アジアを　旅行(りょこう)します・本(ほん)を　書(か)きます）→

3)　国(くに)へ　帰(かえ)ります（大学(だいがく)に　入(はい)ります・国(くに)の　経済(けいざい)を　勉強(べんきょう)します）→

4)　研究(けんきゅう)が　終(お)わります（アメリカへ　帰(かえ)ります・大学(だいがく)で　働(はたら)きます）→

5.　例(れい)1：　この　カメラ・大(おお)きい・重(おも)い

　→　この　カメラは　大(おお)きくて、重(おも)いです。

例(れい)2：　ミラーさん・ハンサム・親切(しんせつ)

　→　ミラーさんは　ハンサムで、親切(しんせつ)です。

1)　わたしの　部屋(へや)・狭(せま)い・暗(くら)い　→

2)　沖縄(おきなわ)の　海(うみ)・青(あお)い・きれい　→

3)　東京(とうきょう)・にぎやか・おもしろい　→

4)　ミラーさん・28歳(さい)・独身(どくしん)　→

6.　例(れい)：　マリアさんは　どの　人(ひと)ですか。（あの・髪(かみ)が　長(なが)い・きれい）

→　あの　髪(かみ)が　長(なが)くて、きれいな　人(ひと)です。

1)　サントスさんは　どの　人(ひと)ですか。（あの・髪(かみ)が　黒(くろ)い・目(め)が　大(おお)きい）→

2)　ミラーさんは　どんな　人(ひと)ですか。（背(せ)が　高(たか)い・すてき）→

3)　奈良(なら)は　どんな　町(まち)ですか。（静(しず)か・緑(みどり)が　多(おお)い）→

4)　北海道(ほっかいどう)は　どんな　所(ところ)ですか。（きれい・食(た)べ物(もの)が　おいしい）→

7.　例(れい)：　きのうの　パーティーは　どうでしたか。（にぎやか・楽(たの)しい）

→　にぎやかで、楽(たの)しかったです。

1)　大阪(おおさか)は　どうですか。（車(くるま)が　多(おお)い・緑(みどり)が　少(すく)ない）→

2)　寮(りょう)は　どうですか。（部屋(へや)が　きれい・明(あか)るい）→

3)　旅行(りょこう)は　どうでしたか。（天気(てんき)が　いい・楽(たの)しい）→

4)　ホテルは　どうでしたか。（静(しず)か・サービスが　いい）→

## 練習(れんしゅう)C

1. A：きのうは　どこか　行(い)きましたか。

　B：ええ、京都(きょうと)へ　行(い)きました。

　A：そうですか。　京都(きょうと)へ　行(い)って、何(なに)を　しましたか。

　B：友達(ともだち)に　会(あ)って、①食事(しょくじ)して、それから　いっしょに

　　②お寺(てら)を　見(み)ました。

　　1)　①　美術館(びじゅつかん)へ　行(い)きます

　　　　②　喫茶店(きっさてん)で　話(はな)します

　　2)　①　お茶(ちゃ)を　飲(の)みます

　　　　②　公園(こうえん)を　散歩(さんぽ)します

　　3)　①　古(ふる)い　神社(じんじゃ)を　見(み)ます

　　　　②　買(か)い物(もの)に　行(い)きます

2. A：日本語(にほんご)が　上手(じょうず)ですね。　どのくらい　勉強(べんきょう)しましたか。

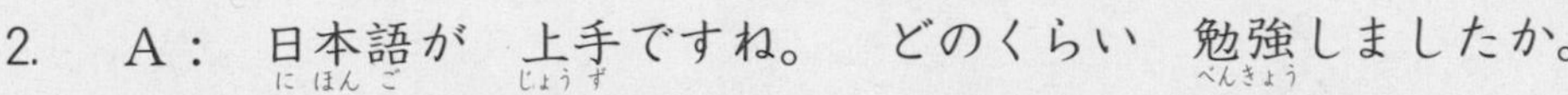

　B：１年(ねん)ぐらいです。　日本(にほん)へ　来(き)てから、始(はじ)めました。

　A：そうですか。　すごいですね。

　B：いいえ、まだまだです。

　　1)　大学(だいがく)を　出(で)ます

　　2)　この　会社(かいしゃ)に　入(はい)ります

　　3)　結婚(けっこん)します

3. A：①インドネシアの　バンドンから　来(き)ました。

　B：①バンドン？　どんな　所(ところ)ですか。

　A：そうですね。　②緑(みどり)が　多(おお)くて、きれいな　所(ところ)です。

　　1)　①　メキシコの　ベラクルス

　　　　②　海(うみ)が　近(ちか)いです

　　2)　①　ドイツの　フランケン

　　　　②　ワインが　有名(ゆうめい)です

　　3)　①　ベトナムの　フエ

　　　　②　お寺(てら)が　たくさん　あります

## 問題(もんだい)

1. 1) ______________________

   2) ______________________

   3) ______________________

   4) ______________________

   5) ______________________

2. 1) ①

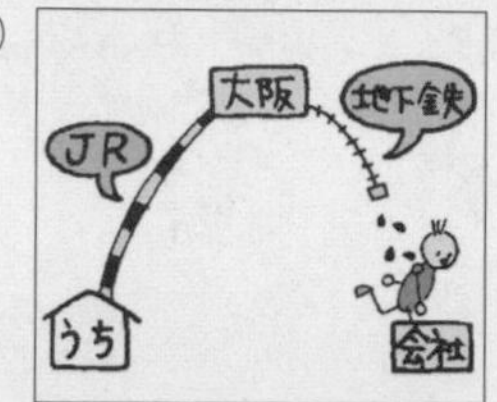


②

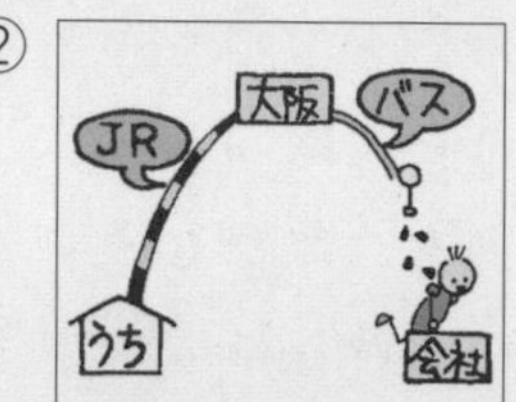


③

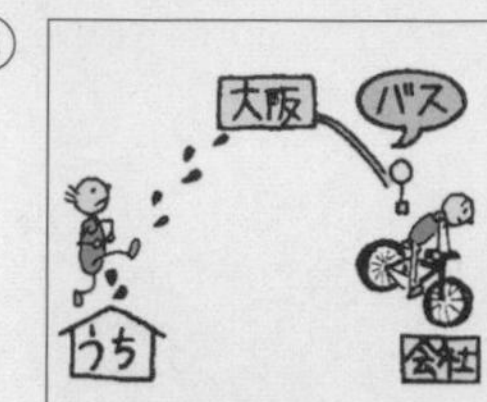


2) ①

②

③

3. 1) (　　)　　2) (　　)　　3) (　　)

4. 例(れい)：　ミラーさんは　背(せ)（ が ）　高(たか)いです。

   1) 国(くに)へ　帰(かえ)ってから、大学(だいがく)（　）　入(はい)って、経済(けいざい)の　研究(けんきゅう)を　します。

   2) 大阪駅(おおさかえき)から　JR（　）　乗(の)って、京都駅(きょうとえき)で　降(お)ります。

   3) 京都(きょうと)で　古(ふる)い　お寺(てら)（　）　見(み)ました。

   4) 日本(にほん)は　山(やま)（　）　多(おお)いです。

   5) 北海道(ほっかいどう)は　きれいで、食(た)べ物(もの)（　）　おいしいです。

   6) 会社(かいしゃ)（　）　やめてから、何(なに)を　しますか。

   7) ジョギングを　して、シャワー（　）　浴(あ)びて、学校(がっこう)へ　行(い)きます。

   8) 大学(だいがく)（　）　出(で)てから、父(ちち)の　会社(かいしゃ)（　）　働(はたら)きます。

5. 例：　窓を　（　閉めて　）、電気を　消して、寝ました。

~~閉めます~~　出します　乗ります　浴びます　行きます　乗り換えます

1)　デパートへ　（　　　）、買い物して、それから　映画を　見ます。

2)　銀行で　お金を　（　　　）から、買い物に　行きます。

3)　日本橋から　地下鉄に　（　　　）、大阪駅で　JRに　（　　　）、
甲子園で　降ります。

4)　シャワーを　（　　　）から、プールに　入って　ください。

6. 例：　奈良は　緑が　（　多くて　）、きれいな　町です。

いいです　~~多いです~~　軽いです　にぎやかです　学生です

1)　カリナさんは　富士大学の　（　　　）、美術を　勉強して　います。

2)　佐藤さんは　頭が　（　　　）、すてきな　人です。

3)　新しい　パソコンは　（　　　）、便利です。

4)　東京は　（　　　）、おもしろい　町です。

7.

大阪、神戸、京都、奈良

　大阪は　大きい　町です。　ビルや　車や　人が　多くて、にぎやかです。　神戸と　京都と　奈良は　大阪から　近いです。京都と　奈良は　古い　お寺や　神社が　たくさん　ありますから、外国人も　たくさん　遊びに　来ます。

　神戸は　古い　物が　あまり　ありませんが、町の　うしろに　山が、前に　海が　あって、すてきな　町です。　若い　人は　神戸が好きです。

　大阪に　空港が　2つ　あります。　新しい　空港は　海の　上にあって、広くて　きれいです。

1)（　　　）大阪は　古い　お寺が　たくさん　あって、静かな　町です。

2)（　　　）京都と　奈良で　外国人を　たくさん　見ます。

3)（　　　）神戸の　近くに　海と　山が　あります。

4)（　　　）大阪の　新しい　空港は　きれいですが、狭いです。

# 17 どう　しましたか

## 単語（たんご）

| | | |
|---|---|---|
| 1. おぼえます Ⅱ | 覚えます | 記住 |
| 2. わすれます Ⅱ | 忘れます | 忘記 |
| 3. なくします Ⅰ | | 遺失，丟失 |
| 4. だします Ⅰ［レポートを～］ | 出します | 提出〔報告〕 |
| 5. はらいます Ⅰ | 払います | 支付，付款 |
| 6. かえします Ⅰ | 返します | 歸還，還 |
| 7. でかけます Ⅱ | 出かけます | 出門，外出 |
| 8. ぬぎます Ⅰ | 脱ぎます | 脫（衣服、鞋等） |
| 9. もって　いきます Ⅰ | 持って　行きます | 帶（某物）去 |
| 10. もって　きます Ⅲ | 持って　来ます | 帶（某物）來 |
| 11. しんぱいします Ⅲ | 心配します | 擔心 |
| 12. ざんぎょうします Ⅲ | 残業します | 加班 |
| 13. しゅっちょうします Ⅲ | 出張します | 出差 |
| 14. のみます Ⅰ［くすりを～］ | 飲みます［薬を～］ | 吃〔藥〕，服〔藥〕 |
| 15. はいります Ⅰ［おふろに～］ | 入ります | 洗澡 |
| 16. たいせつ［な］ | 大切［な］ | 重要〔的〕 |
| 17. だいじょうぶ［な］ | 大丈夫［な］ | 放心，沒關係〔的〕 |
| 18. あぶない | 危ない | 危險的 |
| 19. もんだい | 問題 | 問題 |
| 20. こたえ | 答え | 回答 |
| 21. きんえん | 禁煙 | 禁菸 |

| | | |
|---|---|---|
| 22. [けんこう] ほけんしょう | [健康] 保険証 | 健保卡 |
| 23. かぜ | | 感冒 |
| 24. ねつ | 熱 | 發燒 |
| 25. びょうき | 病気 | 病，生病 |
| 26. くすり | 薬 | 藥 |
| 27. [お] ふろ | | 洗澡 |
| 28. うわぎ | 上着 | 上衣，外衣 |
| 29. したぎ | 下着 | 內衣褲 |
| 30. せんせい | 先生 | 醫師（對醫生的稱呼） |
| 31. 2、3にち | 2、3日 | 兩三天 |
| 32. 2、3～ | | 二三～（用於不定數量的計算） |
| 33. ～までに | | 在～之前（表示時間的期限） |
| 34. ですから | | 所以，因此 |

## 会話（かいわ）

| | |
|---|---|
| 1. どう　しましたか。 | 你怎麼了。 |
| 2. [～が]　痛（いた）いです。 | 〔～〕痛。 |
| 3. のど | 喉嚨 |
| 4. お大事（だいじ）に。 | 請多保重。（對生病的人說） |

## 文型(ぶんけい)

1. ここで　写真(しゃしん)を　撮(と)らないで　ください。
2. パスポートを　見(み)せなければ　なりません。
　（見(み)せないと　いけません）
3. レポートは　出(だ)さなくても　いいです。

## 例文(れいぶん)

1. そこに　車(くるま)を　止(と)めないで　ください。
　…すみません。

2. 先生(せんせい)、お酒(さけ)を　飲(の)んでも　いいですか。
　…いいえ、2、3日(にち)　飲(の)まないで　ください。
　はい、わかりました。

3. 今晩(こんばん)　飲(の)みに　行(い)きませんか。
　…すみません。　きょうは　妻(つま)と　約束(やくそく)が　あります。
　　ですから、早(はや)く　帰(かえ)らなければ　なりません。

4. レポートは　いつまでに　出(だ)さなければ　なりませんか。
　…金曜日(きんようび)までに　出(だ)して　ください。

5. 子(こ)どもも　お金(かね)を　払(はら)わなければ　なりませんか。
　…いいえ、払(はら)わなくても　いいです。

## 会話(かいわ)　どう　しましたか

医者(いしゃ)：どう　しましたか。

松本(まつもと)：きのうから　のどが　痛(いた)くて、熱(ねつ)も　少(すこ)し　あります。

医者(いしゃ)：そうですか。 ちょっと　口(くち)を　開(あ)けて　ください。

---

医者(いしゃ)：かぜですね。　ゆっくり　休(やす)んで　ください。

松本(まつもと)：あのう、あしたから　東京(とうきょう)へ　出張(しゅっちょう)しなければ
なりません。

医者(いしゃ)：じゃ、薬(くすり)を　飲(の)んで、きょうは　早(はや)く　寝(ね)て　ください。

松本(まつもと)：はい。

医者(いしゃ)：それから　今晩(こんばん)は　おふろに　入(はい)らないで　ください。

松本(まつもと)：はい、わかりました。

医者(いしゃ)：じゃ、お大事(だいじ)に。

松本(まつもと)：どうも　ありがとう　ございました。

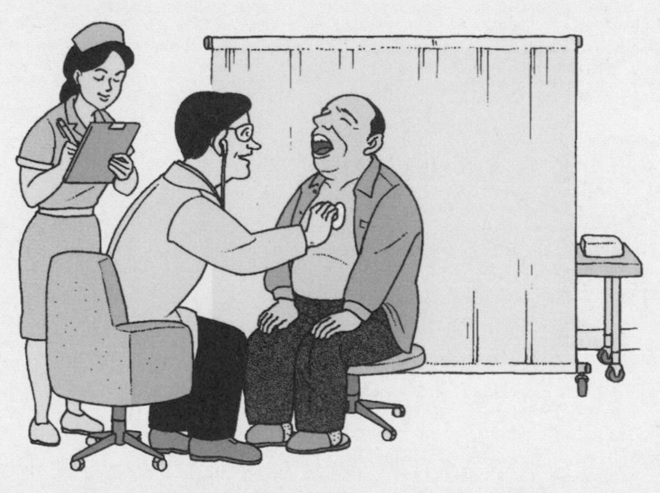

## 練習(れんしゅう)A

1.

| | ます形(けい) | | | ない形(けい) | | |
|---|---|---|---|---|---|---|
| I | す | い | ます | す | わ | ない |
| | い | き | ます | い | か | ない |
| | いそ | ぎ | ます | いそ | が | ない |
| | はな | し | ます | はな | さ | ない |
| | ま | ち | ます | ま | た | ない |
| | よ | び | ます | よ | ば | ない |
| | の | み | ます | の | ま | ない |
| | かえ | り | ます | かえ | ら | ない |

| | ます形(けい) | | ない形(けい) | |
|---|---|---|---|---|
| II | たべ | ます | たべ | ない |
| | いれ | ます | いれ | ない |
| | い | ます | い | ない |
| | おき | ます | おき | ない |
| | あび | ます | あび | ない |
| | み | ます | み | ない |
| | かり | ます | かり | ない |
| | おり | ます | おり | ない |

| | ます形(けい) | | | ない形(けい) | | |
|---|---|---|---|---|---|---|
| III | | き | ます | | こ | ない |
| | | し | ます | | し | ない |
| | しんぱい | し | ます | しんぱい | し | ない |

2.

| | | |
|---|---|---|
| たばこを | すわ | ないで　ください。 |
| パスポートを | なくさ | |
| 傘(かさ)を | わすれ | |

3.

| | | |
|---|---|---|
| 本(ほん)を | かえさ | なければ　なりません。 |
| 薬(くすり)を | のま | |
| | ざんぎょうし | |

4.

| | | |
|---|---|---|
| 名前(なまえ)を | かか | なくても　いいです。 |
| 靴(くつ)を | ぬが | |
| あした | こ | |

5.

| | | |
|---|---|---|
| レポート | は | あした　書(か)きます。 |
| 資料(しりょう) | | ファクスで　送(おく)って　ください。 |
| コピー | | 松本(まつもと)さんに　見(み)せなければ　なりません。 |

## 練習B

1. 例：　ここに　→　ここに　自転車を　置かないで　ください。
れい　　　　　　　　　　じてんしゃ　　　お

   1)　ここに　→　　　　2)　ここに　→

   3)　ここで　→　　　　4)　ここで　→

2. 例：　禁煙です・たばこを　吸いません

   →　禁煙ですから、たばこを　吸わないで　ください。

   1)　危ないです・押しません　→

   2)　大丈夫です・心配しません　→
だいじょうぶ　しんぱい

   3)　大切な　資料です・なくしません　→
たいせつ　しりょう

   4)　図書館の　本です・何も　書きません　→
としょかん　ほん　なに　か

3. 例：　早く　うちへ　帰ります

   →　早く　うちへ　帰らなければ　なりません。

   1)　毎日　漢字を　6つ　覚えます　→
まいにち　かんじ　むっ　おぼ

   2)　パスポートを　見せます　→

   3)　市役所へ　外国人登録に　行きます　→
しやくしょ　がいこくじんとうろく　い

   4)　土曜日までに　本を　返します　→
どようび　　ほん　かえ

4. 例：　何時までに　寮へ　帰りますか（12時）
れい　なんじ　　　りょう　かえ　　　　　じ

   →　何時までに　寮へ　帰らなければ　なりませんか。
なんじ　　　りょう　かえ

   ……12時までに　帰らなければ　なりません。

   1)　何曜日までに　その　本を　返しますか（水曜日）　→
なんようび　　　　ほん　かえ　　　　　すいようび

   2)　何枚　レポートを　書きますか（15）　→
なんまい　　　　　か

   3)　毎日　いくつ　問題を　しますか（10）　→
まいにち　　　もんだい

   4)　1日に　何回　薬を　飲みますか（3）　→
にち　なんかい　くすり　の

5. 例(れい)：　タクシーを　呼(よ)びません　→　タクシーを　呼(よ)ばなくても　いいです。
   1)　きょうは　食事(しょくじ)を　作(つく)りません　→
   2)　あしたは　病院(びょういん)へ　来(き)ません　→
   3)　傘(かさ)を　持(も)って　行(い)きません　→
   4)　ここで　靴(くつ)を　脱(ぬ)ぎません　→

6. 例(れい)1：　用事(ようじ)が　あります・出(で)かけます
   →　用事(ようじ)が　ありますから、出(で)かけなければ　なりません。
   例(れい)2：　悪(わる)い　病気(びょうき)じゃ　ありません・心配(しんぱい)しません
   →　悪(わる)い　病気(びょうき)じゃ　ありませんから、心配(しんぱい)しなくても　いいです。
   1)　熱(ねつ)が　あります・病院(びょういん)へ　行(い)きます　→
   2)　会社(かいしゃ)の　人(ひと)は　英語(えいご)が　わかりません・日本語(にほんご)で　話(はな)します　→
   3)　あしたは　休(やす)みです・早(はや)く　起(お)きません　→
   4)　あまり　暑(あつ)くないです・エアコンを　つけません　→

7. 例(れい)1：　来週(らいしゅう)　出張(しゅっちょう)します（はい）
   →　来週(らいしゅう)　出張(しゅっちょう)しなければ　なりませんか。
   ……はい、出張(しゅっちょう)しなければ　なりません。
   例(れい)2：　レポートを　出(だ)します（いいえ）
   →　レポートを　出(だ)さなければ　なりませんか。
   ……いいえ、出(だ)さなくても　いいです。
   1)　パスポートを　持(も)って　行(い)きます（はい）　→
   2)　今(いま)　お金(かね)を　払(はら)います（いいえ）　→
   3)　今晩(こんばん)　残業(ざんぎょう)します（はい）　→
   4)　あしたも　来(き)ます（いいえ）　→

8. 例(れい)：　ここに　<u>荷物(にもつ)を</u>　置(お)かないで　ください
   →　荷物(にもつ)は　ここに　置(お)かないで　ください。
   1)　<u>ボールペンを</u>　使(つか)わないで　ください　→
   2)　ここに　<u>答(こた)えを</u>　書(か)いて　ください　→
   3)　外(そと)で　<u>たばこを</u>　吸(す)って　ください　→
   4)　<u>嫌(きら)いな　物(もの)を</u>　食(た)べなくても　いいです　→

## 練習(れんしゅう)C

1. A：先生(せんせい)、おふろに　入(はい)っても　いいですか。

   B：いいえ、2、3日(にち)　入(はい)らないで　ください。

   A：はい、わかりました。

   1) シャワーを　浴(あ)びます
   2) お酒(さけ)を　飲(の)みます
   3) スポーツを　します

2. A：①昼(ひる)ごはんを　食(た)べに　行(い)きませんか。

   B：すみません。

   これから　②病院(びょういん)へ　行(い)かなければ　なりません。

   1) ①　ビールを　飲(の)みます
      ②　出(で)かけます
   2) ①　野球(やきゅう)を　します
      ②　レポートを　書(か)きます
   3) ①　サッカーを　見(み)ます
      ②　空港(くうこう)へ　友達(ともだち)を　迎(むか)えに　行(い)きます

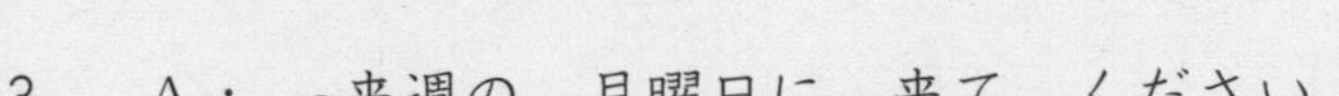

3. A：①来週(らいしゅう)の　月曜日(げつようび)に　来(き)て　ください。

   ②今週(こんしゅう)は　①来(こ)なくても　いいです。

   B：はい、わかりました。

   1) ①　上着(うわぎ)を　脱(ぬ)ぎます
      ②　下着(したぎ)
   2) ①　薬(くすり)は　朝(あさ)だけ　飲(の)みます
      ②　夜(よる)
   3) ①　この　カードを　持(も)って　来(き)ます
      ②　保険証(ほけんしょう)

## 問題（もんだい）

1. 1) ____________________

2) ____________________

3) ____________________

4) ____________________

5) ____________________

2. 1) (　　) 2) (　　) 3) (　　)

4) (　　) 5) (　　)

3.

| 例（れい）：読（よ）みます | 読（よ）まない | 8) 忘（わす）れます | |
|---|---|---|---|
| 1) 行（い）きます | | 9) 覚（おぼ）えます | |
| 2) 脱（ぬ）ぎます | | 10) （6時（じ）に）起（お）きます | |
| 3) 返（かえ）します | | 11) 借（か）ります | |
| 4) 持（も）ちます | | 12) 見（み）ます | |
| 5) 呼（よ）びます | | 13) します | |
| 6) 入（はい）ります | | 14) 心配（しんぱい）します | |
| 7) 払（はら）います | | 15) （日本（にほん）へ）来（き）ます | |

4. 例（れい）：ここは　禁煙（きんえん）ですから、たばこを　（　吸（す）わないで　）　ください。

開（あ）けます　行（い）きます　心配（しんぱい）します　~~吸（す）います~~　なくします　入（はい）ります

1) 危（あぶ）ないですから、そちらへ　（　　　）　ください。

2) この　資料（しりょう）は　大切（たいせつ）ですから、（　　　）　ください。

3) 寒（さむ）いですから、窓（まど）を　（　　　）　ください。

4) 熱（ねつ）が　ありますから、おふろに　（　　　）　ください。

5) 寮（りょう）の　生活（せいかつ）は　楽（たの）しいですから、（　　　）　ください。

5. 例1： 会社を　休みますから、電話を　（　かけます→　かけなければ　なりません）。

例2： 土曜日は　休みですから、会社へ　（　行きます→　行かなくても　いいです）。

1）　肉や　魚は　冷蔵庫に　（　入れます→　　　　　　　　　）。

2）　あしたは　病院へ　（　来ます→　　　　　　　　　）。
あさって　来て　ください。

3）　日本の　うちで　靴を　（　脱ぎます→　　　　　　　　　）。

4）　本を　（　返します→　　　　　　　　　）から、これから　図書館へ　行きます。

5）　レポートは　きょう　（　出します→　　　　　　　　　）。
来週の　月曜日までに　出して　ください。

6.

日本語の　試験

12月9日（月曜日）　午前9：00～12：00

① 8時40分までに　教室に　入って　ください。

② 机の　番号を　見て、あなたの　番号の　所に　座って　ください。

③ 鉛筆と　消しゴムだけ　机の　上に　置いて　ください。

④「問題」は　全部で　9枚　あります。　いちばん　上の　紙に　あなたの　番号と　名前を　書いて　ください。

⑤ 答えは　鉛筆で　書いて　ください。　ボールペンは　使わないで　ください。

1）（　　　）　8時40分までに　教室へ　来なければ　なりません。

2）（　　　）　机の　番号を　確認して、座ります。

3）（　　　）　机の　上に　かばんを　置いても　いいです。

4）（　　　）「問題」の　紙に　あなたの　番号は　書かなくても　いいです。

5）（　　　）　答えは　鉛筆で　書かなければ　なりません。

18

# 趣味は　何ですか
しゅみ　　なん

## 単語
たんご

| | | | |
|---|---|---|---|
| 1. | できます Ⅱ | | 會，能夠，可以 |
| 2. | あらいます Ⅰ | 洗います | 洗 |
| 3. | ひきます Ⅰ | 弾きます | 彈（鋼琴等） |
| 4. | うたいます Ⅰ | 歌います | 唱 |
| 5. | あつめます Ⅱ | 集めます | 收集 |
| 6. | すてます Ⅱ | 捨てます | 丟掉，捨棄 |
| 7. | かえます Ⅱ | 換えます | 交換，變換 |
| 8. | うんてんします Ⅲ | 運転します | 駕駛 |
| 9. | よやくします Ⅲ | 予約します | 預約 |
| 10. | けんがくします Ⅲ | 見学します | 參觀，見習 |
| 11. | ピアノ | | 鋼琴 |
| 12. | …メートル | | …公尺 |
| 13. | こくさい～ | 国際～ | 國際～ |
| 14. | げんきん | 現金 | 現金 |
| 15. | しゅみ | 趣味 | 愛好，嗜好 |
| 16. | にっき | 日記 | 日記 |
| 17. | ［お］いのり | ［お］祈り | 祈禱（～を　します：祈禱） |
| 18. | かちょう | 課長 | 課長，科長 |
| 19. | ぶちょう | 部長 | 經理，部長 |
| 20. | しゃちょう | 社長 | 總經理，社長 |

## 会話（かいわ）

| | |
|---|---|
| 1. 動物（どうぶつ） | 動物 |
| 2. 馬（うま） | 馬 |
| 3. へえ | 眞的嗎！（表示驚訝） |
| 4. それは　おもしろいですね。 | 那一定很有意思。 |
| 5. なかなか | 不容易（用於否定） |
| 6. 牧場（ぼくじょう） | 牧場 |
| 7. ほんとうですか。 | 眞的嗎？ |
| 8. ぜひ | 務必 |
| 9. ビートルズ | 披頭四，英國著名的樂團 |

## 文型(ぶんけい)

1. ミラーさんは　漢字(かんじ)を　読(よ)む　ことが　できます。
2. わたしの　趣味(しゅみ)は　映画(えいが)を　見(み)る　ことです。
3. 寝(ね)る　まえに、日記(にっき)を　書(か)きます。

## 例文(れいぶん)

1. スキーが　できますか。
   …はい、できます。　でも、あまり　上手(じょうず)じゃ　ありません。
2. マリアさんは　パソコンを　使(つか)う　ことが　できますか。
   …いいえ、できません。
3. 大阪城(おおさかじょう)は　何時(なんじ)まで　見学(けんがく)が　できますか。
   …5時(じ)までです。
4. カードで　払(はら)う　ことが　できますか。
   …すみませんが、現金(げんきん)で　お願(ねが)いします。
5. 趣味(しゅみ)は　何(なん)ですか。
   …古(ふる)い　時計(とけい)を　集(あつ)める　ことです。
6. 日本(にほん)の　子(こ)どもは　学校(がっこう)に　入(はい)る　まえに、ひらがなを
   覚(おぼ)えなければ　なりませんか。
   …いいえ、覚(おぼ)えなくても　いいです。
7. 食事(しょくじ)の　まえに、この　薬(くすり)を　飲(の)んで　ください。
   …はい、わかりました。
8. いつ　結婚(けっこん)しましたか。
   …3年(ねん)まえに、結婚(けっこん)しました。

## 会話(かいわ)　趣味(しゅみ)は　何(なん)ですか

山田(やまだ)：サントスさんの　趣味(しゅみ)は　何(なん)ですか。

サントス：写真(しゃしん)です。

山田(やまだ)：どんな　写真(しゃしん)を　撮(と)りますか。

サントス：動物(どうぶつ)の　写真(しゃしん)です。　特(とく)に　馬(うま)が　好(す)きです。

山田(やまだ)：へえ、それは　おもしろいですね。
日本(にほん)へ　来(き)てから、馬(うま)の　写真(しゃしん)を　撮(と)りましたか。

サントス：いいえ。
日本(にほん)では　なかなか　馬(うま)を　見(み)る　ことが
できません。

山田(やまだ)：北海道(ほっかいどう)に　馬(うま)の　牧場(ぼくじょう)が　たくさん　ありますよ。

サントス：ほんとうですか。
じゃ、夏休(なつやす)みに　ぜひ　行(い)きたいです。

## 練習A（れんしゅう）

1.

| | ます形（けい） | | | 辞書形（じしょけい） | |
|---|---|---|---|---|---|
| Ⅰ | か | い | ます | か | う |
| | か | き | ます | か | く |
| | およ | ぎ | ます | およ | ぐ |
| | はな | し | ます | はな | す |
| | た | ち | ます | た | つ |
| | よ | び | ます | よ | ぶ |
| | よ | み | ます | よ | む |
| | はい | り | ます | はい | る |

| | ます形（けい） | | 辞書形（じしょけい） | |
|---|---|---|---|---|
| Ⅱ | ね | ます | ね | る |
| | たべ | ます | たべ | る |
| | おき | ます | おき | る |
| | み | ます | み | る |
| | かり | ます | かり | る |

| | ます形（けい） | | | 辞書形（じしょけい） | |
|---|---|---|---|---|---|
| Ⅲ | | き | ます | | くる |
| | | し | ます | | する |
| | うんてん | し | ます | うんてん | する |

2. ミラーさんは

| | | |
|---|---|---|
| | にほんご | |
| | くるまの　うんてん | |
| 漢字（かんじ）を | よむ | こと |
| ピアノを | ひく | こと |

が　できます。

3. ここで

| | | |
|---|---|---|
| | コピー | |
| | ホテルの　よやく | |
| 切符（きっぷ）を | かう | こと |
| お金（かね）を | かえる | こと |

が　できます。

4. わたしの　趣味（しゅみ）は

| | | |
|---|---|---|
| | スポーツ | |
| | りょこう | |
| 写真（しゃしん）を | とる | こと |
| 本（ほん）を | よむ | こと |

です。

5.

| | |
|---|---|
| | ねる |
| 日本（にほん）へ | くる |
| | しょくじの |
| | クリスマスの |
| | 5ねん |

まえに、

本（ほん）を　読（よ）みます。
日本語（にほんご）を　勉強（べんきょう）しました。
手（て）を　洗（あら）います。
プレゼントを　買（か）います。
日本（にほん）へ　来（き）ました。

## 練習B

1. 例：　テニス　→　ミラーさんは　テニスが　できます。
   1)　運転　→　　　2)　料理　→
うんてん　　　　　　　　　　　りょうり

3)　サッカー　→　　　4)　ダンス　→

2. 例1：　→　ひらがなを　書く　ことが　できますか。
   ……はい、できます。
   例2：　→　漢字を　読む　ことが　できますか。
   ……いいえ、できません。
   1)　→　　2)　→　　3)　→　　4)　→

3. 例1：　新幹線で　食事（はい）　→　新幹線で　食事が　できますか。
れい　　しんかんせん　しょくじ　　　　　しんかんせん　しょくじ

……はい、できます。
   例2：　カードで　払います（いいえ）
   →　カードで　払う　ことが　できますか。
   ……いいえ、できません。
   1)　寮の　部屋で　料理
りょう　へや　りょうり

（いいえ）　→
   2)　電話で　飛行機の　予約
でんわ　ひこうき　よやく

（はい）　→
   3)　図書館で　辞書を　借ります（いいえ）　→
としょかん　じしょ　か

4)　ホテルから　バスで　空港へ　行きます（はい）　→
くうこう　い

4. 例：　どんな　外国語を　話しますか（英語）
れい　　　　がいこくご　はな　　えいご

→　どんな　外国語を　話す　ことが　できますか。
   ……英語を　話す　ことが　できます。
   1)　何メートルぐらい　泳ぎますか（100メートルぐらい）　→
   2)　どんな　料理を　作りますか（てんぷら）　→
   3)　どのくらい　本を　借りますか（2週間）　→
ほん　か　　しゅうかん

4)　何時まで　車を　止めますか（夜　10時）　→
なんじ　くるま　と　　よる　じ

5.　例：　→　趣味は　何ですか。

　　　……絵を　かく　ことです。

1）　→　　2）　→　　3）　→　　4）　→

6.　例：　→　寝る　まえに、お祈りを　します。

1）　→　　2）　→　　3）　→　　4）　→

7.　例：　この　薬を　飲みます（寝ます）

　　→　いつ　この　薬を　飲みますか。

　　　……寝る　まえに、飲みます。

1）　ジョギングを　します（会社へ　行きます）→

2）　その　カメラを　買いました（日本へ　来ます）→

3）　資料を　コピーします（会議）→

4）　国へ　帰ります（クリスマス）→

5）　日本へ　来ました（5年）→

6）　荷物を　送りました（3日）→

## 練習(れんしゅう)C

1.　A：①この　電話(でんわ)で　国際電話(こくさいでんわ)を　かける　ことが　できますか。

　　B：いいえ。　すみませんが、②あちらの　電話(でんわ)で　かけて　ください。

　　A：そうですか。

　　1)　①　この　カードで　払(はら)います

　　　　②　現金(げんきん)で　払(はら)います

　　2)　①　部屋(へや)で　ビデオを　見(み)ます

　　　　②　ロビーの　テレビで　見(み)ます

　　3)　①　ここで　新幹線(しんかんせん)の　切符(きっぷ)を　買(か)います

　　　　②　駅(えき)で　買(か)います

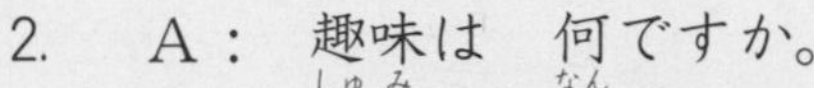

2.　A：趣味(しゅみ)は　何(なん)ですか。

　　B：①映画(えいが)を　見(み)る　ことです。

　　A：どんな　①映画(えいが)を　見(み)ますか。

　　B：②フランス映画(えいが)です。

　　A：そうですか。

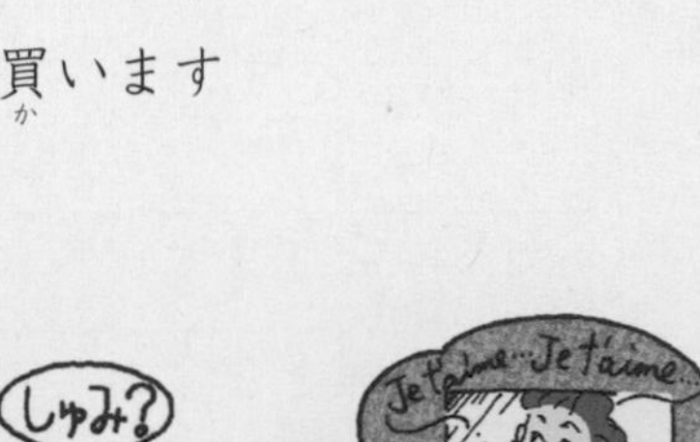


　　1)　①　歌(うた)を　歌(うた)います　　②　ビートルズの　歌(うた)

　　2)　①　絵(え)を　かきます　　②　山(やま)の　絵(え)

　　3)　①　写真(しゃしん)を　撮(と)ります　　②　花(はな)の　写真(しゃしん)

3.　A：この　①資料(しりょう)、②会議室(かいぎしつ)へ　持(も)って　行(い)きましょうか。

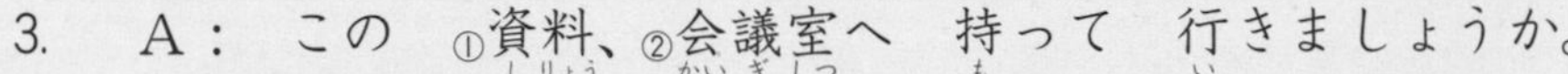

　　B：あ、ちょっと　待(ま)って　ください。

　　　　②持(も)って　行(い)く　まえに、

　　　　③部長(ぶちょう)に　見(み)せて　ください。

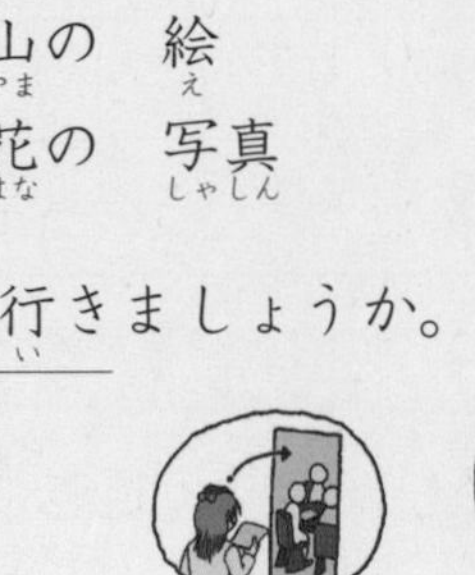

　　A：はい。

　　1)　①　レポート　　②　きょう　出(だ)します

　　　　③　コピーします

　　2)　①　資料(しりょう)　　②　東京(とうきょう)へ　送(おく)ります

　　　　③　課長(かちょう)に　見(み)せます

　　3)　①　カタログ　　②　もう　捨(す)てます

　　　　③　ここを　コピーします

## 問題(もんだい)

1\.
1)
2)
3)
4)
5)

2\.
1) (　　)　2) (　　)　3) (　　)
4) (　　)　5) (　　)

3\.

| 例(れい)： 泳(およ)ぎます | 泳(およ)ぐ | 8) 集(あつ)めます | |
|---|---|---|---|
| 1) 弾(ひ)きます | | 9) 捨(す)てます | |
| 2) 話(はな)します | | 10) 見(み)ます | |
| 3) 持(も)ちます | | 11) 浴(あ)びます | |
| 4) 遊(あそ)びます | | 12) します | |
| 5) 飲(の)みます | | 13) 運転(うんてん)します | |
| 6) 入(はい)ります | | 14) (日本(にほん)へ) 来(き)ます | |
| 7) 歌(うた)います | | 15) 持(も)って 来(き)ます | |

4\. 例(れい)： 100メートル ( × ) 泳(およ)ぐ こと ( が ) できます。
1) 車(くるま) (　　) 運転(うんてん) (　　) できます。
2) 漢字(かんじ) (　　) 50ぐらい 書(か)く こと (　　) できます。
3) 会議(かいぎ) (　　) まえに、資料(しりょう)を コピーしなければ なりません。
4) 2年(ねん) (　　) まえに、大学(だいがく)を 出(で)ました。

5\. 例(れい)： わたしは ピアノを ( 弾(ひ)く ) ことが できます。

かきます　換(か)えます　乗(の)ります　~~弾(ひ)きます~~　予約(よやく)します

1) わたしは 自転車(じてんしゃ)に (　　) ことが できません。
2) 電話(でんわ)で 飛行機(ひこうき)の チケットを (　　) ことが できます。

3)　趣味は　絵を　（　　　）　ことです。

4)　どこで　お金を　（　　　）　ことが　できますか。

6.　例1：　友達の　うちへ　（　行きます　→　行く　まえに　）、電話を　かけます。

例2：　仕事が　（　終わります　→　終わってから　）、飲みに　行きます。

1)　朝　うちで　コーヒーを　（　飲みます　→　　　　　　）、会社へ　行きます。

2)　料理を　（　始めます　→　　　　　　）、手を　洗います。

3)　夜　（　寝ます　→　　　　　　）、日記を　書きます。

4)　銀行で　お金を　（　出します　→　　　　　　）、買い物に　行きました。

7.

子ども図書館

本の　借り方

- 受付で　カードを　作って　ください。
- 受付へ　本を　持って　来て、カードを　見せて　ください。
- 本は　2週間　借りる　ことが　できます。
- 辞書と　新聞と　新しい　雑誌は　借りる　ことが　できません。

コピーが　できます　（2枚　10円）

- 図書館の　本を　コピーする　ことが　できます。
- コピーは　受付で　しますから、本を　受付へ　持って　来て　ください。

1)（　　　）　本を　借りる　まえに、受付で　カードを　作らなければ　なりません。

2)（　　　）　1週間まえに、本を　借りましたから、きょう　返さなければ　なりません。

3)（　　　）　古い　雑誌を　借りる　ことが　できます。

4)（　　　）　図書館の　本を　コピーしては　いけません。

# 19 ダイエットは　あしたから　します

## 単語（たんご）

| | | | |
|---|---|---|---|
| 1. | のぼります Ⅰ<br>［やまに～］ | 登ります<br>［山に～］ | 登，爬〔山〕 |
| 2. | とまります Ⅰ<br>［ホテルに～］ | 泊まります | 住〔飯店〕 |
| 3. | そうじします Ⅲ | 掃除します | 打掃 |
| 4. | せんたくします Ⅲ | 洗濯します | 洗衣服 |
| 5. | れんしゅうします Ⅲ | 練習します | 練習 |
| 6. | なります Ⅰ | | 成爲 |
| 7. | ねむい | 眠い | 想睡的，睏的 |
| 8. | つよい | 強い | 強的 |
| 9. | よわい | 弱い | 弱的 |
| 10. | ちょうしが　いい | 調子が　いい | 情況好的 |
| 11. | ちょうしが　わるい | 調子が　悪い | 情況差的 |
| 12. | ちょうし | 調子 | 情況，狀態 |
| 13. | ゴルフ | | 高爾夫球（～を　します：打高爾夫球） |
| 14. | すもう | 相撲 | 相撲 |
| 15. | パチンコ | | 小鋼珠（～を　します：打小鋼珠） |
| 16. | おちゃ | お茶 | 茶道 |
| 17. | ひ | 日 | 日，日子 |
| 18. | いちど | 一度 | 一次 |
| 19. | いちども | 一度も | 連一次也（表否定） |
| 20. | だんだん | | 逐漸地 |
| 21. | もうすぐ | | 馬上 |
| 22. | おかげさまで | | 託您的福（略帶感謝意思的客氣說法） |

## 会話

1. 乾杯 乾杯
2. 実は 老實說，說真的
3. ダイエット 瘦身，減肥（～を　します：進行減肥）
4. 何回も 多次
5. しかし 但是，可是
6. 無理［な］ 不可能〔的〕，難做到〔的〕
7. 体に　いい 對身體好的
8. ケーキ 蛋糕
9. 葛飾北斎 江戶時代的浮世繪畫家 (1760 ～ 1849)

## 文型

1. 相撲を　見た　ことが　あります。
2. 休みの　日は　テニスを　したり、散歩に　行ったり　します。
3. これから　だんだん　暑く　なります。
あつ

## 例文
### れいぶん

1. 北海道へ　行った　ことが　ありますか。
ほっかいどう　い
　…はい、一度　あります。　2年まえに　友達と　行きました。
いちど　　　　　　　ねん　　　ともだち　　い

2. 馬に　乗った　ことが　ありますか。
　…いいえ、一度も　ありません。　ぜひ　乗りたいです。
3. 冬休みは　何を　しましたか。
　…京都の　お寺や　神社を　見たり、友達と　パーティーを
きょうと　てら　じんじゃ　み　　ともだち
　したり　しました。
4. 日本で　何を　したいですか。
にほん　なに
　…旅行を　したり、お茶を　習ったり　したいです。
りょこう　　　　　ちゃ　　なら

5. 体の　調子は　どうですか。
からだ　ちょうし
　…おかげさまで　よく　なりました。
6. 日本語が　上手に　なりましたね。
にほんご　じょうず
　…ありがとう　ございます。　でも、まだまだです。
7. テレサちゃんは　何に　なりたいですか。
　…医者に　なりたいです。

## 会話（かいわ）　ダイエットは　あしたから　します

皆（みな）　：乾杯（かんぱい）。

---

松本良子（まつもとよしこ）：マリアさん、あまり　食（た）べませんね。

マリア　：ええ。　実（じつ）は　きのうから　ダイエットを　して　います。

松本良子（まつもとよしこ）：そうですか。　わたしも　何回（なんかい）も　ダイエットを　した　ことが　あります。

マリア　：どんな　ダイエットですか。

松本良子（まつもとよしこ）：毎日（まいにち）　りんごだけ　食（た）べたり、水（みず）を　たくさん　飲（の）んだり　しました。

松本部長（まつもとぶちょう）：しかし、無理（むり）な　ダイエットは　体（からだ）に　よくない　ですよ。

マリア　：そうですね。

松本良子（まつもとよしこ）：マリアさん、この　ケーキ、おいしいですよ。

マリア　：そうですか。
……。　ダイエットは　また　あしたから　します。

## 練習A（れんしゅう）

1.

| | ます形（けい） | | | た形（けい） | | |
|---|---|---|---|---|---|---|
| Ⅰ | か | き | ます | か | い | た |
| | い | き | ます | ＊い | っ | た |
| | いそ | ぎ | ます | いそ | い | だ |
| | の | み | ます | の | ん | だ |
| | よ | び | ます | よ | ん | だ |
| | とま | り | ます | とま | っ | た |
| | か | い | ます | か | っ | た |
| | ま | ち | ます | ま | っ | た |
| | はな | し | ます | はな | し | た |

| | ます形（けい） | | た形（けい） | |
|---|---|---|---|---|
| Ⅱ | たべ | ます | たべ | た |
| | でかけ | ます | でかけ | た |
| | おき | ます | おき | た |
| | あび | ます | あび | た |
| | でき | ます | でき | た |
| | み | ます | み | た |

| | ます形（けい） | | た形（けい） | |
|---|---|---|---|---|
| Ⅲ | き | ます | き | た |
| | し | ます | し | た |
| | せんたくし | ます | せんたくし | た |

2. わたしは ［沖縄（おきなわ）へ いった／富士山（ふじさん）に のぼった／すしを たべた］ ことが あります。

3. 毎晩（まいばん） ［テレビを みた／手紙（てがみ）を かいた／日本語（にほんご）を べんきょうした］ り、［本（ほん）を よんだ／音楽（おんがく）を きいた／パソコンで あそんだ］ り します。

4. テレサちゃんは ［せが たか く／きれい に／10さい に］ なりました。

## 練習（れんしゅう）B

1. 例（れい）：　→　広島（ひろしま）へ　行（い）った　ことが　あります。

   1)　→　　2)　→　　3)　→　　4)　→

2. 例（れい）：　カラオケに　行（い）きます（いいえ）

   →　カラオケに　行（い）った　ことが　ありますか。

   ……いいえ、ありません。

   1)　お茶（ちゃ）を　習（なら）います（はい）　→

   2)　馬（うま）に　乗（の）ります（いいえ）　→

   3)　日本人（にほんじん）の　うちに　泊（と）まります（はい）　→

   4)　インドネシア料理（りょうり）を　食（た）べます（いいえ、一度（いちど）も）　→

3. 例（れい）：　日曜日（にちようび）　→　日曜日（にちようび）は　掃除（そうじ）したり、洗濯（せんたく）したり　します。

   1)　夜（よる）　→　　　2)　休（やす）みの　日（ひ）　→

   3)　きのう　→　　　4)　おととい　→

4. 例：　土曜日は　何を　しますか。（散歩します・ビデオを　見ます）
→　散歩したり、ビデオを　見たり　します。
1)　休みの　日は　何を　しますか。
（ゴルフの　練習を　します・うちで　本を　読みます）→
2)　パーティーで　何を　しますか。
（ダンスを　します・歌を　歌います）→
3)　冬休みは　何を　したいですか。
（スキーに　行きます・友達と　パーティーを　します）→
4)　出張の　まえに、何を　しなければ　なりませんか。
（資料を　作ります・レポートを　送ります）→

5. 例1：　→　寒く　なりました。
例2：　→　病気に　なりました。
1)　→　　　2)　→　　　3)　→
4)　→　　　5)　→　　　6)　→

6. 例：　毎日　練習しました・日本語が　上手です
→　毎日　練習しましたから、日本語が　上手に　なりました。
1)　甘い　物を　たくさん　食べました・歯が　悪いです　→
2)　スポーツを　しませんでした・体が　弱いです　→
3)　会社を　やめました・暇です　→
4)　うちで　ゆっくり　休みました・元気です　→

## 練習(れんしゅう) C

1\. A： ①新幹線(しんかんせん)に　乗(の)った　ことが　ありますか。

B： ええ、あります。

A： どうでしたか。

B： とても　②速(はや)かったです。

1) ①　生(い)け花(ばな)を　します

②　楽(たの)しいです

2) ①　牛(ぎゅう)どんを　食(た)べます

②　おいしいです

3) ①　パチンコを　します　②　おもしろいです

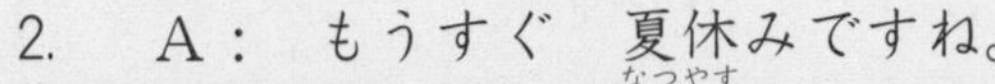

2\. A： もうすぐ　夏休(なつやす)みですね。

B： ええ。

A： 夏休(なつやす)みは　何(なに)を　したいですか。

B： そうですね。　①馬(うま)に　乗(の)ったり、②釣(つ)りを　したり　したいです。

A： いいですね。

1) ①　山(やま)に　登(のぼ)ります

②　海(うみ)で　泳(およ)ぎます

2) ①　本(ほん)を　読(よ)みます

②　スポーツを　します

3) ①　絵(え)を　かきます

②　音楽(おんがく)を　聞(き)きます

3\. A： ①暑(あつ)く　なりましたね。

B： そうですね。　もう　②夏(なつ)ですね。

A： ことしは　ぜひ　③泳(およ)ぎに　行(い)きたいですね。

B： ええ。

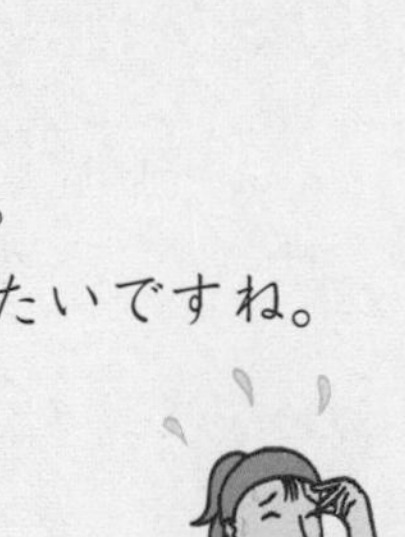

1) ①　涼(すず)しい　②　秋(あき)

③　紅葉(もみじ)を　見(み)に　行(い)きます

2) ①　寒(さむ)い　②　冬(ふゆ)

③　スキーに　行(い)きます

3) ①　暖(あたた)かい　②　春(はる)

③　花見(はなみ)に　行(い)きます

## 問題(もんだい)

1. 🖭 💿
1) ______________________
2) ______________________
3) ______________________
4) ______________________

2. 🖭 💿
1) (　　　) 2) (　　　) 3) (　　　)
4) (　　　) 5) (　　　)

3.

| 例(れい)： 書(か)きます | 書(か)いた | 8) 乗(の)ります | |
|---|---|---|---|
| 1) 行(い)きます | | 9) 消(け)します | |
| 2) 働(はたら)きます | | 10) 食(た)べます | |
| 3) 泳(およ)ぎます | | 11) 寝(ね)ます | |
| 4) 飲(の)みます | | 12) 見(み)ます | |
| 5) 遊(あそ)びます | | 13) 降(お)ります | |
| 6) 持(も)ちます | | 14) 散歩(さんぽ)します | |
| 7) 買(か)います | | 15) 来(き)ます | |

4. 例(れい)：ミラーさんは　日本語(にほんご)（　が　）　上手(じょうず)に　なりました。
1) 沖縄(おきなわ)へ　行(い)った　こと（　　　）　ありますか。
2) ことし　18歳(さい)（　　　）　なります。
3) ホテルは　高(たか)いですから、友達(ともだち)の　うち（　　　）　泊(と)まります。
4) たばこは　体(からだ)（　　　）　よくないです。

5. 例(れい)：日本(にほん)は　初(はじ)めてですか。
……いいえ、3年(ねん)まえに、一度(いちど)（　来(き)た　）　ことが　あります。

掃除(そうじ)します　~~来(き)ます~~　聞(き)きます　買(か)い物(もの)に　行(い)きます
かきます　見(み)ます　行(い)きます

1) ミラーさん、行き方が　わかりますか。
……ええ、一度　（　　　）　ことが　ありますから、大丈夫です。

2) 太郎君は　うちの　仕事を　手伝いますか。
……ええ、（　　　）り、（　　　）り　しますよ。

3) 趣味は　何ですか。
……絵を　（　　　）り、音楽を　（　　　）り　する　ことです。

4) 歌舞伎は　おもしろいですか。
……わたしは　歌舞伎を　（　　　）　ことが　ありませんから…。

6. 例：（ 寒く ）　なりましたね。　エアコンを　つけましょうか。

| きれい | 暗い | ~~寒い~~ | 雨 | 眠い |
|---|---|---|---|---|

1) 掃除しましたから、部屋が　（　　　）　なりました。

2) 日本は　冬　5時ごろ　（　　　）　なります。

3) おなかが　いっぱいです。　（　　　）　なりました。

4) 朝は　いい　天気でしたが、午後から　（　　　）　なりました。

7.

富士山

　富士山を　見た　ことが　ありますか。富士山は　3,776メートルで、日本で　いちばん　高い　山です。　静岡県と　山梨県の　間に　あります。　冬は　雪が　降って、白く　なります。　夏も　山の　上に　雪が　あります。　7月と　8月だけ　富士山に　登る　ことが　できます。山の　上に　郵便局が　あって、手紙を　出したり、電話を　かけたり　する　ことが　できます。

　夏と　秋、いい　天気の　朝　富士山は　赤く　なります。　とても　きれいですから、日本人は　写真を　撮ったり、絵を　かいたり　します。葛飾北斎の　赤い　富士山の　絵は　有名です。

1)（　　　）富士山は　世界で　いちばん　高い　山です。

2)（　　　）夏は　富士山で　雪を　見る　ことが　できません。

3)（　　　）富士山に　電話も　郵便局も　あります。

## 復習C
ふくしゅう

1. 例：　ファクス（　で　）　レポートを　送ります。
   1)　雨（　　　）降って　います。
   2)　今　グプタさんは　部長（　　　）話して　います。
   3)　イーさんは　パソコン（　　　）持って　います。
   4)　この　ファクス（　　　）使い方（　　　）教えて　ください。
   5)　わたしは　神戸（　　　）住んで　います。
   6)　ここ（　　　）車を　止めても　いいですか。
   7)　７番の　バス（　　　）乗って、大学前で　降ります。
ばん              の    だいがくまえ    お

8)　サントスさんは　背（　　　）高くて、髪（　　　）黒いです。
   9)　カードを　ここ（　　　）入れます。
   10)　あの　信号（　　　）右（　　　）曲がって　ください。
   11)　ワンさんは　運転（　　　）できます。
   12)　カード（　　　）払う　こと（　　　）できますか。
   13)　食事（　　　）まえに、手を　洗って　ください。
   14)　スポーツは　体（　　　）いいです。
   15)　弟は　医者（　　　）なりました。

2. 例：　ちょっと（待ちます→　待って　）ください。
   1)　あの　喫茶店に（入ります→　　　　）ませんか。
   　　……ええ、そう（します→　　　　）ましょう。
   2)　コンピューターの　会社で（働きます→　　　　）たいです。
   3)　駅へ　友達を（迎えます→　　　　）に　行きます。
えき ともだち  むか

4)　日本へ（勉強します→　　　　）に　来ました。
にほん  べんきょう        き

5)　すみませんが、ボールペンを（貸します→　　　　）ください。
   6)　今　電話を（かけます→　　　　）います。
   7)　エアコンを（つけます→　　　　）ましょうか。
   8)　この　電話を（使います→　　　　）も　いいですか。
   9)　マリアさんは（結婚します→　　　　）います。
   10)　京都で　彼女に（会います→　　　　）、映画を
きょうと かのじょ  あ            えいが
   　　（見ます→　　　　）、それから　お茶を　飲みました。
   11)　昼ごはんを（食べます→　　　　）から、公園を　散歩します。
ひる        た            こうえん さんぽ

12)　ここで　写真を（撮ります→　　　　）ないで　ください。
   13)　現金で（払います→　　　　）なければ　なりません。
   14)　あしたは（来ます→　　　　）なくても　いいです。

15) どのくらい　(泳(およ)ぎます→　　　　　)　ことが　できますか。

16) 趣味(しゅみ)は　絵(え)を　(かきます→　　　　　)　ことです。

17) この　会社(かいしゃ)に　(入(はい)ります→　　　　　)　まえに、自動車(じどうしゃ)の　会社(かいしゃ)で
働(はたら)いて　いました。

18) 新幹線(しんかんせん)に　(乗(の)ります→　　　　　)　ことが　ありません。

19) 休(やす)みの　日(ひ)は　手紙(てがみ)を　(書(か)きます→　　　　　)り、音楽(おんがく)を
(聞(き)きます→　　　　　)り　します。

20) タワポンさんは　(頭(あたま)が　いいです→　　　　　)、おもしろい　人(ひと)です。

21) 奈良(なら)は　(静(しず)かです→　　　　　)、きれいな　町(まち)です。

22) パソコンが　(安(やす)いです→　　　　　)　なりました。

23) スキーが　(上手(じょうず)です→　　　　　)　なりました。

3. 例(れい)：佐藤(さとう)さんは　今(いま)　部長(ぶちょう)と
{ a．話(はな)します。
  b．話(はな)して　います。 }

1) この　時刻表(じこくひょう)を
{ a．もらいましょうか。
  b．もらっても　いいですか。 }

……はい、どうぞ。

2) 暑(あつ)いですね。　窓(まど)を　開(あ)けましょうか。

……{ a．ええ、開(あ)けます。
  b．ええ、開(あ)けて　ください。 }

3) わたしは　ミラーさんの　住所(じゅうしょ)を
{ a．知(し)って　います。
  b．知(し)ります。 }

4) 飲(の)み物(もの)は
{ a．食事(しょくじ)が　終(お)わってから、
  b．食事(しょくじ)が　終(お)わって、 }
持(も)って　来(き)て　ください。

5) パーティーは　どうでしたか。

……{ a．にぎやかで、楽(たの)しかったです。
  b．にぎやかで、楽(たの)しいです。 }

6) 毎日(まいにち)　来(こ)なければ　なりませんか。

……{ a．いいえ、毎日(まいにち)　来(こ)なくても　いいです。
  b．いいえ、毎日(まいにち)　来(こ)ないで　ください。 }

7) ミラーさんは　スペイン語(ご)を
{ a．話(はな)す　ことが　できません。
  b．話(はな)しては　いけません。 }

8) 歌舞伎(かぶき)を　見(み)た　ことが　ありますか。

……{ a．はい、見(み)ます。
  b．はい、あります。 }

# 20 夏休みは　どう　するの？
なつやす

## 単語
たん　ご

| | | | |
|---|---|---|---|
| 1. | いります I［ビザが～］ | 要ります | 需，需要〔簽證〕 |
| 2. | しらべます II | 調べます | 調查 |
| 3. | なおします I | 直します | 修理，改正 |
| 4. | しゅうりします III | 修理します | 修理 |
| 5. | でんわします III | 電話します | 打電話 |
| 6. | ぼく | 僕 | 我（男性用語，不如“わたし”禮貌） |
| 7. | きみ | 君 | 你（男性對晚輩或同輩用，不如“あなた”禮貌） |
| 8. | ～くん | ～君 | ～君（男性稱呼晚輩或同輩用，不如“さん”禮貌） |
| 9. | うん | | 是，對（不如“はい”禮貌） |
| 10. | ううん | | 不是，不對（不如“いいえ”禮貌） |
| 11. | サラリーマン | | 薪水階級，上班族 |
| 12. | ことば | | 單字，語言 |
| 13. | ぶっか | 物価 | 物價 |
| 14. | きもの | 着物 | 和服（傳統的日本服裝） |
| 15. | ビザ | | 簽證 |
| 16. | はじめ | 初め | 開始 |
| 17. | おわり | 終わり | 結束 |
| 18. | こっち | | 這邊（不如“こちら”禮貌） |
| 19. | そっち | | 那邊（不如“そちら”禮貌） |
| 20. | あっち | | 那邊（不如“あちら”禮貌） |
| 21. | どっち | | 哪邊（不如“どちら”禮貌） |
| 22. | このあいだ | この間 | 日前，前些天 |

23. みんなで 大家一起

24. ～けど 但是（不如“が”正式）

## 会話（かいわ）

1. 国（くに）へ　帰（かえ）るの？ 你要回國嗎？
2. どう　するの？ 你準備怎麼做？
3. どう　しようかな。 我該怎麼做呢？
4. よかったら 如果方便的話，如果你願意
5. いろいろ 各式各樣

## 文型(ぶんけい)

1. サントスさんは　パーティーに　来(こ)なかった。
2. 日本(にほん)は　物価(ぶっか)が　高(たか)い。
3. 沖縄(おきなわ)の　海(うみ)は　きれいだった。
4. きょうは　僕(ぼく)の　誕生日(たんじょうび)だ。

## 例文(れいぶん)

1. アイスクリーム［を］　食(た)べる？
　…うん、食(た)べる。
2. そこに　はさみ［が］　ある？
　…ううん、ない。
3. きのう　木村(きむら)さんに　会(あ)った？
　…ううん、会(あ)わなかった。
4. あした　みんなで　京都(きょうと)［へ］　行(い)かない？
　…うん、いいね。
5. その　カレーライス［は］　おいしい？
　…うん、辛(から)いけど、おいしい。
6. 今(いま)　暇(ひま)？
　…うん、暇(ひま)。　何(なに)？
　ちょっと　手伝(てつだ)って。
7. 辞書(じしょ)［を］　持(も)って　［い］る？
　…ううん、持(も)って　［い］ない。

## 会話(かいわ)　　夏休(なつやす)みは　どう　するの？

**小林(こばやし)**　：夏休(なつやす)みは　国(くに)へ　帰(かえ)るの？

**タワポン**：ううん。　帰(かえ)りたいけど、……。

小林君(こばやしくん)は　どう　するの？

**小林(こばやし)**　：どう　しようかな……。

タワポン君(くん)、富士山(ふじさん)に　登(のぼ)った　こと　ある？

**タワポン**：ううん。

**小林(こばやし)**　：じゃ、よかったら、いっしょに　行(い)かない？

**タワポン**：うん。　いつごろ？

**小林(こばやし)**　：8月(がつ)の　始(はじ)めごろは　どう？

**タワポン**：いいね。

**小林(こばやし)**　：じゃ、いろいろ　調(しら)べて、また　電話(でんわ)するよ。

**タワポン**：ありがとう。　待(ま)ってるよ。

## 練習A
れんしゅう

1.

| 丁寧形（ていねいけい） | 普通形（ふつうけい） |
|---|---|
| かきます | かく |
| かきません | かかない |
| かきました | かいた |
| かきませんでした | かかなかった |
| あります | ある |
| ありません | ＊ない |
| ありました | あった |
| ありませんでした | ＊なかった |
| おおきいです | おおきい |
| おおきくないです | おおきくない |
| おおきかったです | おおきかった |
| おおきくなかったです | おおきくなかった |
| きれいです | きれいだ |
| きれいじゃ　ありません | きれいじゃ　ない |
| きれいでした | きれいだった |
| きれいじゃ　ありませんでした | きれいじゃ　なかった |
| あめです | あめだ |
| あめじゃ　ありません | あめじゃ　ない |
| あめでした | あめだった |
| あめじゃ　ありませんでした | あめじゃ　なかった |

2.

| わたしは | | |
|---|---|---|
| | あした　東京（とうきょう）へ | いく。 |
| | 毎日（まいにち） | いそがしい。 |
| | 相撲（すもう）が | すきだ。 |
| | | サラリーマンだ。 |
| | 富士山（ふじさん）に | のぼりたい。 |
| | 大阪（おおさか）に | すんで　いる。 |
| | 市役所（しやくしょ）へ | いかなければ　ならない。 |
| | レポートを | かかなくても　いい。 |
| | ドイツ語（ご）を | はなす　ことが　できる。 |
| | ドイツへ | いった　ことが　ない。 |

## 練習B
れんしゅう

1. 例：　毎日　彼に　電話します。　→　毎日　彼に　電話する。
れい　まいにち　かれ　でんわ　まいにち　かれ　でんわ

1)　あした　また　来ます。　→
き

2)　きょうは　何も　買いません。　→
なに　か

3)　少し　疲れました。　→
すこ　つか

4)　きのう　日記を　書きませんでした。　→
にっき　か

2. 例：　着物は　高いです。　→　着物は　高い。
れい　きもの　たか　きもの　たか

1)　日本語の　勉強は　おもしろいです。　→
にほんご　べんきょう

2)　その　辞書は　よくないです。　→
じしょ

3)　けさは　頭が　痛かったです。　→
あたま　いた

4)　きのうの　パーティーは　楽しくなかったです。　→
たの

3. 例：　きょうは　暇です。　→　きょうは　暇だ。
れい　ひま　ひま

1)　カリナさんは　絵が　上手です。　→
え　じょうず

2)　きょうは　休みじゃ　ありません。　→
やす

3)　きのうは　雨でした。　→
あめ

4)　先週の　土曜日は　暇じゃ　ありませんでした。　→
せんしゅう　どようび　ひま

4. 例：　そちらへ　行っては　いけません。
れい　い

→　そっちへ　行っては　いけない。
い

1)　もう　一度　歌舞伎を　見たいです。　→
いちど　かぶき　み

2)　電話番号を　調べなければ　なりません。　→
でんわばんごう　しら

3)　きのうは　映画を　見たり、音楽を　聞いたり　しました。　→
えいが　み　おんがく　き

4)　この　電話を　使っても　いいです。　→
でんわ　つか

5.　例(れい)：　あした　うちに　いますか。（うん）　→　あした　うちに　いる？

……うん、いる。

1)　ビザが　要(い)りますか。（ううん）　→

2)　けさ　新聞(しんぶん)を　読(よ)みましたか。（ううん）　→

3)　日曜日(にちようび)　どこか　行(い)きましたか。（ううん、どこも）　→

4)　いつ　木村(きむら)さんに　会(あ)いますか。（今月(こんげつ)の　終(お)わりごろ）　→

6.　例(れい)：　ビールと　ワインと　どちらが　いいですか。（ワイン）

→　ビールと　ワインと　どっちが　いい？

……ワインの　ほうが　いい。

1)　東京(とうきょう)は　大阪(おおさか)より　人(ひと)が　多(おお)いですか。（うん、ずっと）　→

2)　あの　店(みせ)は　サービスが　いいですか。（ううん、あまり）　→

3)　映画(えいが)は　おもしろかったですか。（ううん、全然(ぜんぜん)）　→

4)　旅行(りょこう)で　どこが　いちばん　楽(たの)しかったですか。（イタリア）　→

7.　例(れい)：　元気(げんき)ですか。（うん）　→　元気(げんき)？

……うん、元気(げんき)。

1)　今(いま)　何時(なんじ)ですか。（5時(じ)40分(ぷん)）　→

2)　きょう　デパートは　休(やす)みですか。（ううん）　→

3)　犬(いぬ)と　猫(ねこ)と　どちらが　好(す)きですか。（猫(ねこ)）　→

4)　富士山(ふじさん)は　どうでしたか。（きれい）　→

8.　例(れい)：　今(いま)　雨(あめ)が　降(ふ)って　いますか。（うん）

→　今(いま)　雨(あめ)が　降(ふ)って　いる？

……うん、降(ふ)って　いる。

1)　佐藤(さとう)さんの　住所(じゅうしょ)を　知(し)って　いますか。（ううん）　→

2)　九州(きゅうしゅう)へ　行(い)った　ことが　ありますか。（ううん）　→

3)　ピアノを　弾(ひ)く　ことが　できますか。（うん）　→

4)　レポートを　書(か)かなければ　なりませんか。（ううん）　→

## 練習(れんしゅう)C

1. A：①相撲(すもう)［が］　好(す)き？
B：うん。
A：②チケット［が］　あるけど、
いっしょに　③行(い)かない？
B：いいね。
1)　①　コーヒー
②　ブラジルの　コーヒー　③　飲(の)みます
2)　①　チョコレート
②　スイスの　チョコレート　③　食(た)べます
3)　①　ジャズ
②　コンサートの　チケット　③　行(い)きます

2. A：①田中君(たなかくん)の　住所(じゅうしょ)［を］　知(し)って　［い］る？
B：うん。
A：じゃ、ちょっと　②教(おし)えて。
B：いいよ。

1)　①　細(こま)かい　お金(かね)［を］　持(も)って　［い］ます
②　貸(か)します
2)　①　時間(じかん)［が］　あります　②　手伝(てつだ)います
3)　①　自転車(じてんしゃ)の　修理(しゅうり)［が］　できます　②　直(なお)します

3. A：①パチンコ［を］　した　こと［が］　ある？
B：うん、この間(あいだ)　①したよ。
A：どうだった？
B：②難(むずか)しかったけど、③おもしろかった。

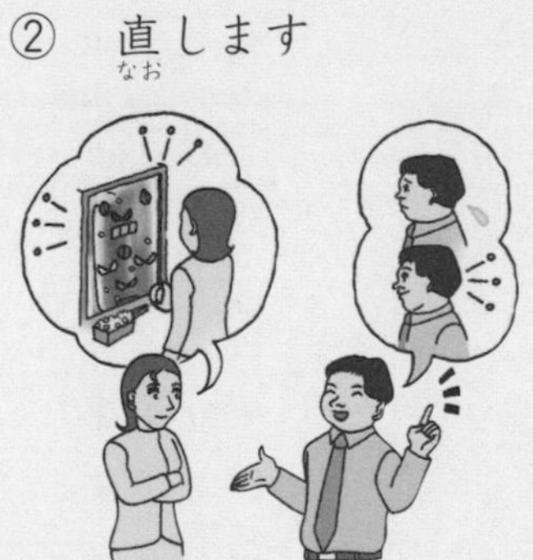

1)　①　カラオケに　行(い)きます
②　楽(たの)しかったです　③　疲(つか)れました
2)　①　すき焼(や)き［を］　食(た)べます
②　甘(あま)かったです　③　おいしかったです
3)　①　歌舞伎(かぶき)［を］　見(み)ます
②　ことばが　わかりませんでした　③　きれいでした

## 問題(もんだい)

1.
1) ______
2) ______
3) ______
4) ______
5) ______

2.
1) (　　) 2) (　　) 3) (　　)
4) (　　) 5) (　　)

3.

| 例(れい)：行(い)きます | 行(い)く | 行(い)かない | 行(い)った | 行(い)かなかった |
|---|---|---|---|---|
| 泳(およ)ぎます | | | 泳(およ)いだ | |
| 貸(か)します | 貸(か)す | | | |
| 待(ま)ちます | | 待(ま)たない | | |
| 遊(あそ)びます | | | | 遊(あそ)ばなかった |
| 飲(の)みます | | 飲(の)まない | | |
| あります | ある | | | |
| 買(か)います | | | | 買(か)わなかった |
| 寝(ね)ます | | | 寝(ね)た | |
| 借(か)ります | 借(か)りる | | | |
| します | | | した | |
| 来(き)ます | | 来(こ)ない | | |
| 寒(さむ)いです | 寒(さむ)い | | | |
| いいです | | | よかった | |
| 暇(ひま)です | | | | 暇(ひま)じゃ　なかった |
| 天気(てんき)です | | | 天気(てんき)だった | |

4. 例(れい)：図書館(としょかん)で　本(ほん)を　借(か)ります。　（　借(か)りる　）
1) きのう　家族(かぞく)に　電話(でんわ)を　かけましたか。　（　　　）
2) わたしは　大阪(おおさか)に　住(す)んで　います。　（　　　）

3) もう　帰ってもいいですか。　(　　　　)

4) 東京へ　遊びに　行きます。　(　　　　)

5) ビザを　もらわなければ　なりません。　(　　　　)

6) ここで　たばこを　吸っては　いけません。　(　　　　)

7) 漢字を　読む　ことが　できません。　(　　　　)

8) 刺身を　食べた　ことが　ありません。　(　　　　)

9) 時間と　お金が　欲しいです。　(　　　　)

10) ここは　きれいな　海でした。　(　　　　)

5. 例：　あれは　何？　(　何ですか　)

1) あの　人は　もう　結婚して　いる？　(　　　　)

……ううん、独身だ。　(　　　　)

2) きのう　パーティーに　行った？　(　　　　)

……ううん、行かなかった。　(　　　　)

頭が　痛かったから。　(　　　　)

3) ミラーさん、いつも　元気ね。　(　　　　)

……うん、若いから。　(　　　　)

6.

日記

1月1日　金曜日　曇り

田中君、高橋君と　いっしょに　京都の　神社へ　行った。古くて、大きい　神社だった。人が　多くて、にぎやかだった。着物の　女の人が　たくさん　いた。とても　きれいだった。田中君と　高橋君は神社の　前の　箱に　お金を　入れて、いろいろ　お願いした。それから　みんなで　写真を　撮ったり、お土産を　買ったり　した。天気は　あまり　よくなかったが、暖かかった。うちへ　帰ってから、アメリカの　家族に　電話を　かけた。みんな　元気だった。

1) (　　　) 古くて、大きい　神社へ　行きました。

2) (　　　) 着物の　女の　人を　たくさん　見ました。

3) (　　　) 神社へ　行く　まえに、家族と　電話で　話しました。

4) (　　　) 神社で　写真を　撮りました。

# 21 わたしも　そう　思います

おも

## 単語

たん　ご

1. おもいます Ⅰ　思います　想，認爲，覺得
2. いいます Ⅰ　言います　說
3. たります Ⅱ　足ります　足夠
4. かちます Ⅰ　勝ちます　贏，得勝
5. まけます Ⅱ　負けます　輸，落敗
6. あります Ⅰ　舉行〔節慶〕
 ［おまつりが～］　［お祭りが～］
7. やくに　たちます Ⅰ　役に　立ちます　有用，起作用
8. むだ［な］　沒用〔的〕
9. ふべん［な］　不便［な］　不便〔的〕
10. おなじ　同じ　相同，一樣
11. すごい　厲害的（有褒或貶的意思）
12. しゅしょう　首相　總理，首相
13. だいとうりょう　大統領　總統
14. せいじ　政治　政治
15. ニュース　新聞
16. スピーチ　演講（～を　します：進行演講）
17. しあい　試合　比賽
18. アルバイト　打工（～を　します：打工）
19. いけん　意見　意見
20. ［お］はなし　［お］話　講話，演講，故事
21. ユーモア　幽默
22. むだ　浪費
23. デザイン　設計
24. こうつう　交通　交通

25. ラッシュ　　交通巔峰時間
26. さいきん　最近　　最近
27. たぶん　　大概，可能
28. きっと　　一定
29. ほんとうに　　眞的，的確
30. そんなに　　並不（用於否定）
31. 〜に　ついて　　關於〜
32. しかたが　ありません。　　沒辦法。

## 会話（かいわ）

1. しばらくですね。　　好久不見了，久違了。
2. 〜でも　飲（の）みませんか。　　喝點〜好嗎？
3. 見（み）ないと……。　　一定要看，否則……
4. もちろん　　當然
5. カンガルー　　袋鼠
6. キャプテン・クック　　庫克船長（英國探險家，1728〜79）

## 文型

1. あした 雨が 降ると 思います。
2. 首相は 来月 アメリカへ 行くと 言いました。

## 例文

1. 仕事と 家族と どちらが 大切ですか。
   …どちらも 大切だと 思います。
2. 日本に ついて どう 思いますか。
   …物価が 高いと 思います。
3. ミラーさんは どこですか。
   …会議室に いると 思います。
4. ミラーさんは この ニュースを 知って いますか。
   …いいえ、たぶん 知らないと 思います。
   ミラーさんは 出張して いましたから。
5. テレサちゃんは もう 寝ましたか。
   …はい、もう 寝たと 思います。
6. 食事の まえに、お祈りを しますか。
   …いいえ、しませんが、「いただきます」と 言います。
7. 会議で 何か 意見を 言いましたか。
   …はい。 むだな コピーが 多いと 言いました。
8. 7月に 京都で お祭りが あるでしょう?
   …ええ、あります。

会話(かいわ)

## わたしも　そう　思(おも)います

松本(まつもと)：あ、サントスさん、しばらくですね。

サントス：あ、松本(まつもと)さん、お元気(げんき)ですか。

松本(まつもと)：ええ。　ちょっと　ビールでも　飲(の)みませんか。

サントス：いいですね。

--------------------------------

サントス：今晩(こんばん)　10時(じ)から　日本(にほん)と　ブラジルの　サッカーの
試合(しあい)が　ありますね。

松本(まつもと)：ああ、そうですね。　ぜひ　見(み)ないと……。
サントスさんは　どちらが　勝(か)つと　思(おも)いますか。

サントス：もちろん　ブラジルですよ。

松本(まつもと)：でも　最近(さいきん)　日本(にほん)も　強(つよ)く　なりましたよ。

サントス：ええ、わたしも　そう　思(おも)いますが、……。
あ、もう　帰(かえ)らないと……。

松本(まつもと)：そうですね。　じゃ、帰(かえ)りましょう。

## 練習(れんしゅう)A

1.

| | | |
|---|---|---|
| あした　雨(あめ)が | ふる | と　思(おも)います。 |
| 佐藤(さとう)さんは　ゴルフを | しない | |
| 山田(やまだ)さんは　もう | かえった | |
| 日本(にほん)は　物価(ぶっか)が | たかい | |
| 日本(にほん)は　交通(こうつう)が | べんりだ | |

2.

| | | | |
|---|---|---|---|
| 首相(しゅしょう)は | あした　大統領(だいとうりょう)に | あう | と　言(い)いました。 |
| | 来月(らいげつ)　アメリカへ | いかない | |
| | 英語(えいご)で　スピーチを | した | |
| | 経済(けいざい)の　問題(もんだい)は | むずかしい | |
| | 会議(かいぎ)は | たいへんだ | |

3.

| | | |
|---|---|---|
| あした　パーティーに | くる | でしょう？ |
| お寺(てら)で　コンサートが | あった | |
| 大阪(おおさか)は　食(た)べ物(もの)が | おいしい | |
| 図書館(としょかん)の　人(ひと)は | しんせつ | |

## 練習B

1. 例： 経済の 勉強は おもしろいです
れい　けいざい　べんきょう

→ 経済の 勉強は おもしろいと 思います。
けいざい　べんきょう　　　　　おも

1) 山田さんは ほんとうに よく 働きます →
   2) パワー電気の 製品は デザインが いいです →
   3) ミラーさんは 時間の 使い方が 上手です →
じかん　つか　かた　じょうず

4) ダイエットは むだでした →

2. 例： ファクスは 便利だと 思いますか。（はい）
   → はい、便利だと 思います。
   1) 大阪の 水は おいしいと 思いますか。（いいえ、あまり） →
おおさか　みず　　　　　　おも

2) ワットさんは いい 先生だと 思いますか。（はい、とても） →
   3) 犬と 猫と どちらが 役に 立つと 思いますか。（犬） →
いぬ　ねこ　　　　　やく　た　　おも　　　　　　いぬ

4) 日本で どこが いちばん きれいだと 思いますか。（奈良） →

3. 例： 日本（交通が 便利です） → 日本に ついて どう 思いますか。
れい　にほん　こうつう　べんり　　　にほん　　　　　　　おも

……交通が 便利だと 思います。
こうつう　べんり　　おも

1) 日本の 若い 人（よく 遊びます） →
にほん　わか　ひと　　　あそ

2) 日本の 野球（時間が 長いです） →
にほん　やきゅう　じかん　なが

3) 日本の 会社（夏休みが 短いです） →
にほん　かいしゃ　なつやす　みじか

4) あの 映画（ユーモアが あって、楽しいです） →

4. 例： 部長は 事務所に いますか。（いいえ）
れい　ぶちょう　じむしょ

→ いいえ、いないと 思います。
   1) 部長は もう 帰りましたか。（はい） →
   2) かぎは どこですか。（あの 箱の 中） →
   3) あしたの 試合は 中国と 日本と どちらが 勝ちますか。
しあい　ちゅうごく　にほん　　　　　　か

（きっと 中国） →
   4) 山田さんは この ニュースを 知って いますか。
   （いいえ、たぶん） →

5. 例：→　ミラーさんは　あした　東京へ　出張すると　言いました。

　1)　→　　2)　→　　3)　→　　4)　→

6. 例：あしたは　休みです　→　あしたは　休みでしょう？

　1)　大阪は　緑が　少ないです　→

　2)　ワットさんは　英語の　先生です　→

　3)　木村さんは　イーさんを　知りません　→

　4)　きのう　サッカーの　試合が　ありました　→

7. 例1：日本は　食べ物が　高いでしょう？（ええ）

　　→　ええ、高いです。

　例2：その　カメラは　高かったでしょう？（いいえ）

　　→　いいえ、そんなに　高くなかったです。

　1)　東京の　ラッシュは　すごいでしょう？（ええ）→

　2)　仕事は　大変でしょう？（いいえ）→

　3)　北海道は　寒かったでしょう？（いいえ）→

　4)　疲れたでしょう？（ええ）→

## 練習(れんしゅう)C

1. A：①日本(にほん)の　生活(せいかつ)に　ついて　どう　思(おも)いますか。

　B：そうですね。　②便利(べんり)ですが、物価(ぶっか)が　高(たか)いと　思(おも)います。

　A：ワットさんは　どう　思(おも)いますか。

　C：わたしも　同(おな)じ　意見(いけん)です。

　1)　①　新(あたら)しい　空港(くうこう)

　　　②　きれいですが、ちょっと　交通(こうつう)が　不便(ふべん)です

　2)　①　首相(しゅしょう)の　スピーチ

　　　②　おもしろいですが、いつも　長(なが)いです

　3)　①　最近(さいきん)の　子(こ)ども

　　　②　よく　勉強(べんきょう)しますが、本(ほん)を　読(よ)みません

2. A：きのうの　先生(せんせい)の　お話(はなし)は　おもしろかったですよ。

　B：そうですか。　どんな　話(はなし)でしたか。

　A：先生(せんせい)は　いちばん　大切(たいせつ)な　ものは　友達(ともだち)だと　言(い)いました。

　B：そうですか。　わたしは　そうは　思(おも)いませんが。

　1)　頭(あたま)が　いい　人(ひと)は　料理(りょうり)が　上手(じょうず)です

　2)　アルバイトは　時間(じかん)の　むだです

　3)　最近(さいきん)の　若(わか)い　人(ひと)は　政治(せいじ)に　ついて　話(はな)しません

3. A：①日本(にほん)は　食(た)べ物(もの)が　高(たか)いでしょう？

　B：ええ、ほんとうに　①高(たか)いですね。
　　でも、②おいしいと　思(おも)います。

　1)　①　朝(あさ)の　ラッシュは　すごいです

　　　②　しかたが　ありません

　2)　①　相撲(すもう)は　おもしろいです

　　　②　チケットが　高(たか)いです

　3)　①　日本人(にほんじん)は　電車(でんしゃ)で　よく　寝(ね)ます

　　　②　危(あぶ)ないです

## 問題(もんだい)

1. 1) ____________________
2) ____________________
3) ____________________
4) ____________________
5) ____________________

2. 1) (　　) 2) (　　) 3) (　　)
4) (　　) 5) (　　)

3. 例(れい)：彼女(かのじょ)は　来(き)ますか。
……いいえ、きょうは　(　来(こ)ない　) と　思(おも)います。

| おいしいです　帰(かえ)ります　~~来(き)ます~~　上手(じょうず)です　役(やく)に　立(た)ちます |
|---|

1) 大阪(おおさか)の　水(みず)は　どうですか。
……あまり　(　　　) と　思(おも)います。
2) 鈴木(すずき)さんは　英語(えいご)が　できますか。
……ええ、(　　　) と　思(おも)います。　アメリカに　3年(ねん)　いましたから。
3) その　辞書(じしょ)は　いいですか。
……ええ、とても　(　　　) と　思(おも)います。
4) 田中(たなか)さんが　いませんね。
……かばんが　ありませんから、もう　うちへ　(　　　) と　思(おも)います。

4. 例(れい)：A：あした　暇(ひま)ですか。
B：あしたは　会社(かいしゃ)へ　行(い)かなければ　なりません。
→　Bさんは　あしたは　会社(かいしゃ)へ　行(い)かなければ　ならないと　言(い)いました。
1) A：桜(さくら)の　季節(きせつ)ですね。　どこか　お花見(はなみ)に　行(い)きますか。
B：ええ、日曜日(にちようび)　家族(かぞく)と　大阪城公園(おおさかじょうこうえん)へ　行(い)きます。
→　Bさんは　____________________ と　言(い)いました。
2) A：この　本(ほん)、おもしろいですよ。
B：そうですか。　じゃ、貸(か)して　ください。
→　Aさんは　この　本(ほん)は　______________ と　言(い)いました。

3)　A：パーティーは　にぎやかでしたか。
　　B：ええ、とても　にぎやかでした。
　　→　Bさんは　パーティーは　＿＿＿＿＿＿＿＿　と　言いました。

4)　A：すみません。　日曜日の　試合を　見に　行く　ことが
　　　　できません。
　　B：そうですか。　残念です。
　　→　Aさんは　日曜日　＿＿＿＿＿＿＿＿　と　言いました。

5.　例：　おなかが　（　すいた　）でしょう？　何か　食べませんか。

| あります　　暑いです　　~~すきました~~　　地図です　　疲れました |
|---|

1)　来月　京都で　有名な　お祭りが　（　　　）でしょう？
2)　（　　　）でしょう？　少し　休みましょう。
3)　（　　　）でしょう？　エアコンを　つけましょうか。
4)　それは　日本の　（　　　）でしょう？　広島は　どこですか。

6.

**カンガルー**

この　動物の　名前を　知って　いますか。『カンガルー』です。オーストラリアに　住んで　います。1778年に　イギリスの　キャプテン・クックは　船で　オーストラリアへ　行きました。そして、初めて　この　動物を　見ました。クックは　オーストラリアの　人に　この　動物の　名前を　知りたいと　言いました。その　人は　オーストラリアの　ことばで　「カンガルー（わたしは　知らない）」と　言いました。それを　聞いて、イギリス人は　みんな　この　動物の　名前は　『カンガルー』だと　思いました。それから、この　動物の　名前は　『カンガルー』に　なりました。

1)（　　　）キャプテン・クックは　1778年まで　カンガルーを　見た
　　　　　ことが　ありませんでした。
2)（　　　）イギリス人は　オーストラリアの　人の　ことばが
　　　　　わかりませんでした。
3)（　　　）オーストラリアの　人は　この　動物の　名前を　知って
　　　　　いました。

# 22 どんな　アパートが　いいですか

## 単語（たんご）

| | | | |
|---|---|---|---|
| 1. | きます Ⅱ<br>［シャツを～］ | 着ます | 穿〔襯衫等〕 |
| 2. | はきます Ⅰ<br>［くつを～］ | ［靴を～］ | 穿〔鞋，褲子〕 |
| 3. | かぶります Ⅰ<br>［ぼうしを～］ | ［帽子を～］ | 戴〔帽子等〕 |
| 4. | かけます Ⅱ<br>［めがねを～］ | ［眼鏡を～］ | 戴〔眼鏡〕 |
| 5. | うまれます Ⅱ | 生まれます | 出生 |
| 6. | コート | | 大衣，外套 |
| 7. | スーツ | | 西裝，套裝 |
| 8. | セーター | | 毛衣 |
| 9. | ぼうし | 帽子 | 帽子 |
| 10. | めがね | 眼鏡 | 眼鏡 |
| 11. | よく | | 經常 |
| 12. | おめでとう　ございます。 | | 恭喜。（用於生日，婚禮，新年等時） |

## 会話（かいわ）

| | |
|---|---|
| 1. こちら | 這（“これ”的禮貌形） |
| 2. 家賃（やちん） | 房租 |
| 3. うーん。 | 我想想看。 |
| 4. ダイニングキチン | 兼作餐廳的廚房 |
| 5. 和室（わしつ） | 和室 |
| 6. 押（お）し入（い）れ | 日式壁櫥 |
| 7. 布団（ふとん） | 棉被和墊被 |
| 8. アパート | 公寓 |
| 9. パリ | 巴黎 |
| 10. 万里（ばんり）の　長城（ちょうじょう） | 萬里長城 |
| 11. 余暇（よか）開発（かいはつ）センター | 休閒活動開發中心 |
| 12. レジャー白書（はくしょ） | 休閒白皮書 |

## 文(ぶん)型(けい)

1. これは　ミラーさんが　作(つく)った　ケーキです。
2. あそこに　いる　人(ひと)は　ミラーさんです。
3. きのう　習(なら)った　ことばを　忘(わす)れました。
4. 買(か)い物(もの)に　行(い)く　時間(じかん)が　ありません。

## 例(れい)文(ぶん)

1. これは　万里(ばんり)の　長城(ちょうじょう)で　撮(と)った　写真(しゃしん)です。
   …そうですか。　すごいですね。

2. カリナさんが　かいた　絵(え)は　どれですか。
   …あれです。　あの　海(うみ)の　絵(え)です。

3. あの　着物(きもの)を　着(き)て　いる　人(ひと)は　だれですか。
   …木村(きむら)さんです。

4. 山田(やまだ)さん、奥(おく)さんに　初(はじ)めて　会(あ)った　所(ところ)は　どこですか。
   …大阪城(おおさかじょう)です。

5. 木村(きむら)さんと　行(い)った　コンサートは　どうでしたか。
   …とても　よかったです。

6. どう　しましたか。
   …きのう　買(か)った　傘(かさ)を　なくしました。

7. どんな　うちが　欲(ほ)しいですか。
   …広(ひろ)い　庭(にわ)が　ある　うちが　欲(ほ)しいです。

8. 今晩(こんばん)　飲(の)みに　行(い)きませんか。
   …すみません。　今晩(こんばん)は　ちょっと　友達(ともだち)に　会(あ)う　約束(やくそく)が　あります。

## 会話(かいわ)　どんな　アパートが　いいですか

**不動産屋(ふどうさんや)：** こちらは　いかがですか。

家賃(やちん)は　8万円(まんえん)です。

**ワ　ン：** うーん……。　ちょっと　駅(えき)から　遠(とお)いですね。

**不動産屋(ふどうさんや)：** じゃ、こちらは？

便利(べんり)ですよ。　駅(えき)から　歩(ある)いて　3分(ぷん)ですから。

**ワ　ン：** そうですね。

ダイニングキチンと　和室(わしつ)が　1つ(ひと)と……。

すみません。　ここは　何(なん)ですか。

**不動産屋(ふどうさんや)：** 押(お)し入(い)れです。　布団(ふとん)を　入(い)れる　所(ところ)ですよ。

**ワ　ン：** そうですか。

この　アパート、きょう　見(み)る　ことが

できますか。

**不動産屋(ふどうさんや)：** ええ。　今(いま)から　行(い)きましょうか。

**ワ　ン：** ええ、お願(ねが)いします。

## 練習(れんしゅう)A

1\.

| | | | |
|---|---|---|---|
| これは | 女(おんな)の　人(ひと)が | よむ | 雑誌(ざっし)です。 |
| | 日本(にほん)で | うって　いない | |
| | カリナさんに | かりた | |

2\.

| | | |
|---|---|---|
| あの　眼鏡(めがね)を | かけて　いる | 人(ひと)は　山田(やまだ)さんです。 |
| スキー旅行(りょこう)に | いかない | |
| 会議(かいぎ)で　意見(いけん)を | いった | |

3\.

| | | |
|---|---|---|
| ワットさんが | すんで　いる | 所(ところ)は　横浜(よこはま)です。 |
| 佐藤(さとう)さんが | うまれた | |
| わたしが | いきたい | |

4\.

| | | |
|---|---|---|
| あの　棚(たな)に | ある | 服(ふく)を　見(み)せて　ください。 |
| パーティーで | きる | |
| パリで | かった | |

5\.

| | | | |
|---|---|---|---|
| わたしは | 駅(えき)から | ちかい | うちが　欲(ほ)しいです。 |
| | 広(ひろ)い　庭(にわ)が | ある | |
| | カラオケ・パーティーが | できる | |

6\.

| | | | |
|---|---|---|---|
| わたしは | 手紙(てがみ)を | かく | 時間(じかん)が　ありません。 |
| | 本(ほん)を | よむ | |
| | 朝(あさ)ごはんを | たべる | |

## 練習(れんしゅう)B

1\. 例(れい)：　母(はは)に　もらいました　→　これは　母(はは)に　もらった　コートです。

1)　タワポンさんに　借(か)りました　→

2)　京都(きょうと)で　撮(と)りました　→

3)　わたしが　作(つく)りました　→

4)　カリナさんが　かきました　→

2\. 例(れい)：　ミラーさん　→　ミラーさんは　どの　人(ひと)ですか。

……電話(でんわ)を　かけて　いる　人(ひと)です。

1)　松本部長(まつもとぶちょう)　→　　　2)　山田(やまだ)さん　→

3)　佐藤(さとう)さん　→　　　4)　田中(たなか)さん　→

3\. 例(れい)：　〈ミラーさんが　よく　行(い)きます〉　喫茶店(きっさてん)は　コーヒーが　おいしいです

→　ミラーさんが　よく　行(い)く　喫茶店(きっさてん)は　コーヒーが　おいしいです。

1)　〈ワンさんが　働(はたら)いて　います〉　病院(びょういん)は　神戸(こうべ)に　あります　→

2)　〈わたしが　いつも　買(か)い物(もの)します〉　スーパーは　野菜(やさい)が　安(やす)いです　→

3)　〈弟(おとうと)が　住(す)んで　います〉　アパートは　おふろが　ありません　→

4)　〈きのう　わたしが　行(い)きました〉　お寺(てら)は　きれいで、静(しず)かでした　→

4. 例(れい)：〈黒(くろ)い　スーツを　着(き)て　います〉人(ひと)は　だれですか

→　黒(くろ)い　スーツを　着(き)て　いる　人(ひと)は　だれですか。

1)　〈旅行(りょこう)に　行(い)きません〉人(ひと)は　だれですか　→

2)　〈パーティーに　来(き)ます〉人(ひと)は　何人(なんにん)ですか　→

3)　〈初(はじ)めて　ご主人(しゅじん)に　会(あ)いました〉所(ところ)は　どこですか　→

4)　〈京都(きょうと)で　泊(と)まりました〉ホテルは　どうでしたか　→

5. 例(れい)：〈奈良(なら)で　撮(と)りました〉写真(しゃしん)を　見(み)せて　ください

→　奈良(なら)で　撮(と)った　写真(しゃしん)を　見(み)せて　ください。

1)　〈彼(かれ)に　あげます〉お土産(みやげ)を　買(か)います　→

2)　〈要(い)りません〉物(もの)を　捨(す)てます　→

3)　〈病院(びょういん)で　もらいました〉薬(くすり)を　飲(の)まなければ　なりません　→

4)　〈イーさんの　隣(となり)に　座(すわ)って　います〉人(ひと)を　知(し)って　いますか　→

6. 例(れい)：〈外(そと)で　します〉スポーツが　好(す)きです

→　外(そと)で　する　スポーツが　好(す)きです。

1)　〈ユーモアが　わかります〉人(ひと)が　好(す)きです　→

2)　〈パソコンを　置(お)きます〉机(つくえ)が　欲(ほ)しいです　→

3)　〈会社(かいしゃ)の　人(ひと)が　使(つか)います〉日本語(にほんご)が　わかりません　→

4)　〈母(はは)が　作(つく)りました〉料理(りょうり)が　食(た)べたいです　→

7. 例(れい)：〈日曜日(にちようび)は　子(こ)どもと　遊(あそ)びます〉約束(やくそく)が　あります

→　日曜日(にちようび)は　子(こ)どもと　遊(あそ)ぶ　約束(やくそく)が　あります。

1)　〈今晩(こんばん)は　友達(ともだち)と　食事(しょくじ)します〉約束(やくそく)が　あります　→

2)　〈きょうは　市役所(しやくしょ)へ　行(い)きます〉用事(ようじ)が　あります　→

3)　〈朝(あさ)　新聞(しんぶん)を　読(よ)みます〉時間(じかん)が　ありません　→

4)　〈電話(でんわ)を　かけます〉時間(じかん)が　ありませんでした　→

## 練習(れんしゅう)C

1. A：①先週(せんしゅう)　買(か)った　②本(ほん)は　どこに　ありますか。

B：えーと、あの　机(つくえ)の　上(うえ)に　ありますよ。

A：あ、そうですか。　どうも。

1)　①　富士山(ふじさん)で　撮(と)りました

　　②　写真(しゃしん)

2)　①　田中(たなか)さんに　もらいました

　　②　カタログ

3)　①　きのう　借(か)りました

　　②　ビデオ

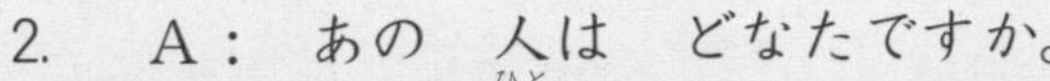

2. A：あの　人(ひと)は　どなたですか。

B：どの　人(ひと)ですか。

A：①赤(あか)い　セーターを　着(き)て　いる　人(ひと)です。

B：ああ、②佐藤(さとう)さんですよ。

1)　①　眼鏡(めがね)を　かけて　います

　　②　松本(まつもと)さん

2)　①　帽子(ぼうし)を　かぶって　います

　　②　山田(やまだ)さんの　奥(おく)さん

3)　①　白(しろ)い　靴(くつ)を　はいて　います

　　②　ワットさん

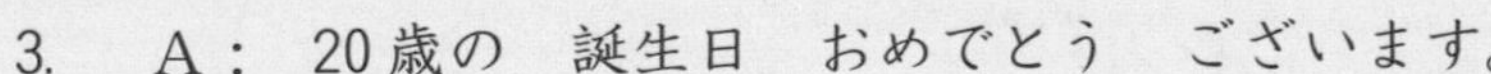

3. A：20歳(さい)の　誕生日(たんじょうび)　おめでとう　ございます。

B：ありがとう　ございます。

A：どんな　①仕事(しごと)を　したいですか。

B：そうですね。

②日本語(にほんご)を　使(つか)う　①仕事(しごと)を　したいです。

1)　①　会社(かいしゃ)で　働(はたら)きます

　　②　大(おお)きくて、あまり　残業(ざんぎょう)が　ありません

2)　①　人(ひと)と　結婚(けっこん)します

　　②　ユーモアが　あって、明(あか)るいです

3)　①　所(ところ)に　住(す)みます

　　②　近(ちか)くに　山(やま)が　あって、スキーが　できます

## 問題

1\. 1) ＿＿＿＿＿＿＿＿

2) ＿＿＿＿＿＿＿＿

3) ＿＿＿＿＿＿＿＿

4) ＿＿＿＿＿＿＿＿

5) ＿＿＿＿＿＿＿＿

2\. 1) (　　) 2) (　　) 3) (　　)

4) (　　) 5) (　　)

3\. 例：<u>よく　寝る</u>　人は　元気です。

| ~~よく　寝ます~~　図書館で　借りました　お酒を　飲みません<br>マリアさんから　来ました　庭が　あります |
|---|

1) わたしは　＿＿＿＿＿＿　うちが　欲しいです。

2) わたしは　＿＿＿＿＿＿　人が　好きです。

3) ＿＿＿＿＿＿　本を　なくしました。

4) ＿＿＿＿＿＿　手紙は　机の　上に　あります。

4\. 例：あの　黒い　シャツを　着て　いる　人は　（　だれ　）ですか。

……ミラーさんです。

1) ここに　あった　新聞は　（　　　）ですか。

……テレビの　上に　あります。

2) マリアさんが　作った　ケーキは　（　　　）でしたか。

……とても　おいしかったです。

3) いちばん　新しい　パソコンは　（　　　）ですか。

……これです。

5\. 例：どこで　撮りましたか。　→　<u>これは　どこで　撮った　写真ですか。</u>

1)　いつ　買(か)いましたか。

→ ＿＿＿＿＿＿＿＿＿＿＿＿＿＿＿＿＿＿＿＿＿＿＿＿＿＿。

2)　だれが　作(つく)りましたか。

→ ＿＿＿＿＿＿＿＿＿＿＿＿＿＿＿＿＿＿＿＿＿＿＿＿＿＿。

3)　だれに　もらいましたか。

→ ＿＿＿＿＿＿＿＿＿＿＿＿＿＿＿＿＿＿＿＿＿＿＿＿＿＿。

6.　例(れい)：　銀行(ぎんこう)へ　行(い)く　時間(じかん)が　ありません。

1)　日曜日(にちようび)は　＿＿＿＿＿＿＿＿＿＿＿＿＿＿＿＿　約束(やくそく)が　あります。

2)　＿＿＿＿＿＿＿＿＿＿＿＿＿＿＿＿　用事(ようじ)が　あります。

3)　＿＿＿＿＿＿＿＿＿＿＿＿＿＿＿＿　時間(じかん)が　ありません。

7.

**日本人(にほんじん)は　休(やす)みの　日(ひ)に　何(なに)を　しますか**

| | した　人(ひと) | 使(つか)った　お金(かね) |
|---|---|---|
| 食事(しょくじ)に　出(で)かける | 66.0％ | 3,480円(えん) |
| カラオケに　行(い)く | 55.8 | 1,860 |
| ビデオを　見(み)る | 44.3 | 520 |
| ディズニーランドなどへ　行(い)く | 39.2 | 5,810 |
| パチンコを　する | 28.1 | 3,140 |

資料(しりょう)　余暇開発(よかかいはつ)センター「レジャー白書(はくしょ)1995」

1)（　　）　レストランなどで　ごはんを　食(た)べる　人(ひと)は　少(すく)ないです。

2)（　　）　カラオケに　行(い)く　人(ひと)は　パチンコを　する　人(ひと)より　多(おお)いです。

3)（　　）　カラオケは　いちばん　お金(かね)を　使(つか)いません。

## 復習D
ふくしゅう

1. 例：（ⓐ.ちょっと　b.早く　c.すぐ）　待って　ください。
   1) きのう　だれと　買い物に　行きましたか。
      ……（a.みんな　b.一人で　c.いっしょに）　行きました。
   2) もう　外国人登録を　しましたか。
がいこくじんとうろく
      ……いいえ、（a.もう　b.まだ　c.また）です。
   3) 9時ですね。（a.そろそろ　b.今　c.あとで）　失礼します。
   4) きょうは（a.とても　b.よく　c.あまり）　寒くないです。
   5) 英語が（a.たくさん　b.よく　c.全然）　わかります。
   6) 東京は　大阪より（a.ずっと　b.いちばん　c.どちらも）　人が　多いです。
とうきょう　おおさか
   7) 日本語が　あまり　わかりませんから、（a.だんだん　b.速く　c.ゆっくり）　話して　ください。
   8) 相撲を（a.なかなか　b.まず　c.一度も）　見た　ことが　ありません。
   9) もう　6月です。（a.最近　b.次に　c.これから）
がつ　　　　　さいきん　つぎ
      （a.だんだん　b.そんなに　c.たくさん）　暑く　なります。
   10) あまり　食べませんね。
       ……（a.もちろん　b.ほんとうに　c.実は）　ダイエットを　して　います。
   11) ミラーさんは（a.きっと　b.ぜひ　c.だいたい）　来ると　思います。
   12) パーティーの　料理で（a.全部で　b.みんな　c.特に）　野菜カレーが　おいしかったです。
りょうり　　ぜんぶ　　　　　　　　とく

2. 例：東京は　にぎやかです。（ⓐ.そして　b.でも　c.じゃ）、おもしろいです。
   1) 旅行は　楽しかったです。（a.ですから　b.でも　c.それから）、疲れました。
りょこう　たの
つか

2) 毎朝　ジョギングを　します。（a.でも　b.じゃ　c.それから）、会社へ　行きます。
   3) あした　暇ですか。
      ……ええ。
      （a.じゃ　b.そして　c.それから）　神戸へ　行きませんか。

3.

| 例：　かきます | かく | かかない | かいた | かかなかった |
|---|---|---|---|---|
| | おく | | | |
| | | いかない | | |
| | いそぐ | | | |
| | | | のんだ | |
| あそびます | | | | |
| | | とらない | | |
| あります | | | | |
| | | | | かわなかった |
| たちます | | | | |
| | はなす | | | |
| | | | たべた | |
| | | おぼえない | | |
| | | | | みなかった |
| | | できない | | |
| べんきょうします | | | | |
| （日本へ）きます | | | | |
| いいです | | | | |
| | いきたい | | | |
| ひまです | | | | |
| | | あめじゃ　ない | | |

4. 例：あしたは　雨が　（降ります→　降る　）と　思います。

1) ミラーさんは　傘を　（持って　いません→　　　　）と　思います。
2) サントスさんは　（親切です→　　　　）、（おもしろいです→　　　　）
（いい　人です→　　　　）と　思います。
3) 太郎君は　何も　（知りません→　　　　）と　言いました。
4) 課長は　会議は　（大変です→　　　　）と　言いました。
5) 山田さんは　（来ません→　　　　）でしょう？
6) あしたは　（暇です→　　　　）でしょう？
7) ワットさんは　青い　スーツを　（着て　います→　　　　）　人です。
8) 行った　ことが　（ありません→　　　　）　国は　1つだけです。
9) （読みたいです→　　　　）　本が　たくさん　あります。
10) 子どもに　飛行機の　本を　（あげます→　　　　）　約束を　しました。
11) （買い物します→　　　　）　時間が　ありません。

# 23 どうやって　行（い）きますか

## 単語（たんご）

| | | | |
|---|---|---|---|
| 1. | ききます Ⅰ<br>［せんせいに～］ | 聞きます<br>［先生に～］ | 問〔老師〕 |
| 2. | まわします Ⅰ | 回します | 轉動 |
| 3. | ひきます Ⅰ | 引きます | 拉 |
| 4. | かえます Ⅱ | 変えます | 改變 |
| 5. | さわります Ⅰ<br>［ドアに～］ | 触ります | 摸，碰觸〔門〕 |
| 6. | でます Ⅱ<br>［おつりが～］ | 出ます<br>［お釣りが～］ | 〔零錢〕出來 |
| 7. | うごきます Ⅰ<br>［とけいが～］ | 動きます<br>［時計が～］ | 〔鐘錶〕轉動 |
| 8. | あるきます Ⅰ<br>［みちを～］ | 歩きます<br>［道を～］ | 走〔路〕 |
| 9. | わたります Ⅰ<br>［はしを～］ | 渡ります<br>［橋を～］ | 過〔橋〕 |
| 10. | きを　つけます Ⅱ<br>［くるまに～］ | 気を　つけます<br>［車に～］ | 小心〔車輛〕，注意〔車輛〕 |
| 11. | ひっこしします Ⅲ | 引っ越しします | 搬家 |
| 12. | でんきや | 電気屋 | 電器行 |
| 13. | ～や | ～屋 | 經營某種生意的人或店舗 |
| 14. | サイズ | | 尺寸，尺碼 |
| 15. | おと | 音 | 聲音 |
| 16. | きかい | 機械 | 機械，機器 |
| 17. | つまみ | | 旋鈕 |
| 18. | こしょう | 故障 | 故障（～します：發生故障） |

19. みち 道 道路
20. こうさてん 交差点 十字路口
21. しんごう 信号 紅綠燈，號誌燈
22. かど 角 轉角
23. はし 橋 橋
24. ちゅうしゃじょう 駐車場 停車場
25. …め …目 第…
26. ［お］しょうがつ ［お］正月 新年
27. ごちそうさま［でした］。 謝謝你的款待。（用於飲食後）

## 会話(かいわ)

1. 建物(たてもの) 建築物
2. 外國人登録証(がいこくじんとうろくしょう) 外國人登記證
3. 聖徳太子(しょうとくたいし) 聖德太子 (574 ～ 622)
4. 法隆寺(ほうりゅうじ) 法隆寺。奈良的寺廟，由聖德太子於7世紀初建成
5. 元気茶(げんきちゃ) 元氣茶（虛構的茶名）
6. 本田駅(ほんだえき) 本田站（虛構的車站名）
7. 図書館前(としょかんまえ) 圖書館前（虛構的車站名）

## 文型(ぶんけい)

1. 図書館(としょかん)で　本(ほん)を　借(か)りる　とき、カードが　要(い)ります。
2. この　ボタンを　押(お)すと、お釣(つ)りが　出(で)ます。

## 例文(れいぶん)

1. よく　テレビを　見(み)ますか。
　…そうですね。　野球(やきゅう)の　試合(しあい)が　ある　とき、見(み)ます。
2. 冷蔵庫(れいぞうこ)に　何(なに)も　ない　とき、どう　しますか。
　…近(ちか)くの　レストランへ　何(なに)か　食(た)べに　行(い)きます。
3. 会議室(かいぎしつ)を　出(で)る　とき、エアコンを　消(け)しましたか。
　…すみません。　忘(わす)れました。
4. サントスさんは　どこで　服(ふく)や　靴(くつ)を　買(か)いますか。
　…夏休(なつやす)みや　お正月(しょうがつ)に　国(くに)へ　帰(かえ)った　とき、買(か)います。
　日本(にほん)のは　小さいですから。
5. それは　何(なん)ですか。
　…「元気茶(げんきちゃ)」です。　体(からだ)の　調子(ちょうし)が　悪(わる)い　とき、飲(の)みます。
6. 暇(ひま)な　とき、うちへ　遊(あそ)びに　来(き)ませんか。
　…ええ、ありがとう　ございます。
7. 学生(がくせい)の　とき、アルバイトを　しましたか。
　…ええ、時々(ときどき)　しました。
8. 音(おと)が　小(ちい)さいですね。
　…この　つまみを　右(みぎ)へ　回(まわ)すと、大(おお)きく　なります。
9. すみません。　市役所(しやくしょ)は　どこですか。
　…この　道(みち)を　まっすぐ　行(い)くと、左(ひだり)に　あります。

## 会話(かいわ)　　どうやって　行(い)きますか

図書館(としょかん)の　人(ひと)：はい、みどり図書館(としょかん)です。

カリナ　　　：あのう、そちらまで　どうやって　行(い)きますか。

図書館(としょかん)の　人(ひと)：本田駅(ほんだえき)から　12番(ばん)の　バスに　乗(の)って、

図書館前(としょかんまえ)で　降(お)りて　ください。３つ目(みっつめ)です。

カリナ　　　：３つ目(みっつめ)ですね。

図書館(としょかん)の　人(ひと)：ええ。　降(お)りると、前(まえ)に　公園(こうえん)が　あります。

図書館(としょかん)は　その　公園(こうえん)の　中(なか)の　白(しろ)い　建物(たてもの)です。

カリナ　　　：わかりました。

それから　本(ほん)を　借(か)りる　とき、何(なに)か

要(い)りますか。

図書館(としょかん)の　人(ひと)：外国(がいこく)の　方(かた)ですか。

カリナ　　　：はい。

図書館(としょかん)の　人(ひと)：じゃ、外国人登録証(がいこくじんとうろくしょう)を　持(も)って　来(き)て　ください。

カリナ　　　：はい。　どうも　ありがとう　ございました。

## 練習(れんしゅう)A

1.

| | | | |
|---|---|---|---|
| 道(みち)を | わたる | とき、 | 車(くるま)に　気(き)を　つけます。 |
| 新聞(しんぶん)を | よむ | | 眼鏡(めがね)を　かけます。 |
| 使(つか)い方(かた)が | わからない | | わたしに　聞(き)いて　ください。 |

2.

| | | | |
|---|---|---|---|
| うちへ | かえる | とき、 | ケーキを　買(か)います。 |
| うちへ | かえった | | 「ただいま」と　言(い)います。 |
| 会社(かいしゃ)へ | くる | | 駅(えき)で　部長(ぶちょう)に　会(あ)いました。 |
| 会社(かいしゃ)へ | きた | | 受付(うけつけ)で　社長(しゃちょう)に　会(あ)いました。 |

3.

| | | | |
|---|---|---|---|
| ねむ | い | とき、 | コーヒーを　飲(の)みます。 |
| ひま | な | | 本(ほん)を　読(よ)みます。 |
| 26さい | の | | 結婚(けっこん)しました。 |

4.

| | | | |
|---|---|---|---|
| この　つまみを | まわす | と、 | 音(おと)が　大(おお)きく　なります。 |
| これを | ひく | | 水(みず)が　出(で)ます。 |
| 右(みぎ)へ | まがる | | 郵便局(ゆうびんきょく)が　あります。 |

## 練習B

1. 例：　新聞を　読みます・眼鏡を　かけます
れい　しんぶん　　よ　　　　めがね

　　→　新聞を　読む　とき、眼鏡を　かけます。
しんぶん　　よ　　　　　　めがね

　1)　病院へ　行きます・保険証を　忘れないで　ください　→
びょういん　い　　　ほけんしょう　わす

　2)　散歩します・いつも　カメラを　持って　行きます　→

　3)　漢字が　わかりません・この　辞書を　使います　→
かんじ　　　　　　　　　　じしょ　　つか

　4)　現金が　ありません・カードで　買い物します　→

2. 例１：　「行って　まいります」

　　→　出かける　とき、「行って　まいります」と　言います。

　例２：　「ただいま」

　　→　うちへ　帰った　とき、「ただいま」と　言います。

　1)　「お休みなさい」　→　　2)　「おはよう　ございます」　→

　3)　「ごちそうさま」　→　　4)　「失礼します」　→

3. 例：　寂しいです・家族に　電話を　かけます
れい　さび　　　　かぞく　でんわ

　　→　寂しい　とき、家族に　電話を　かけます。
さび　　　　　かぞく　でんわ

　1)　頭が　痛いです・この　薬を　飲みます　→
あたま　いた　　　　　　くすり　の

　2)　暇です・ビデオを　見ます　→
ひま　　　　　　　み

　3)　妻が　病気です・会社を　休みます　→
つま　びょうき　かいしゃ　やす

　4)　晩ごはんです・ワインを　飲みます　→

4.　例：　受付の　人を　呼びます（この　ボタンを　押します）

　　　→　受付の　人を　呼ぶ　とき、どう　しますか。

　　　　……この　ボタンを　押します。

1)　フィルムを　入れます（ここを　開けて　ください）→

2)　切符が　出ません（この　ボタンを　押して　ください）→

3)　電話番号を　知りたいです（104に　電話を　かけます）→

4)　冷蔵庫が　故障です（電気屋を　呼びます）→

5.　例：　この　ボタンを　押します・切符が　出ます

　　　→　この　ボタンを　押すと、切符が　出ます。

1)　これを　引きます・いすが　動きます　→

2)　これに　触ります・水が　出ます　→

3)　この　つまみを　左へ　回します・音が　小さく　なります　→

4)　この　つまみを　右へ　回します・電気が　明るく　なります　→

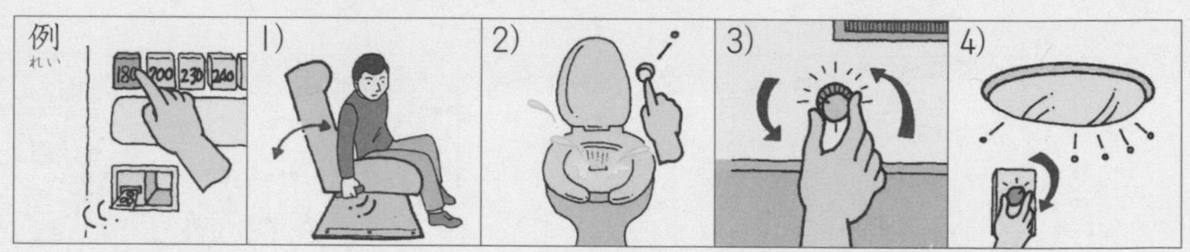


6.　例：　銀行　→　銀行は　どこですか。

　　　　　　……あの　交差点を　右へ　曲がると、左に　あります。

1)　市役所　→　　　　2)　美術館　→

3)　駐車場　→　　　　4)　電話　→

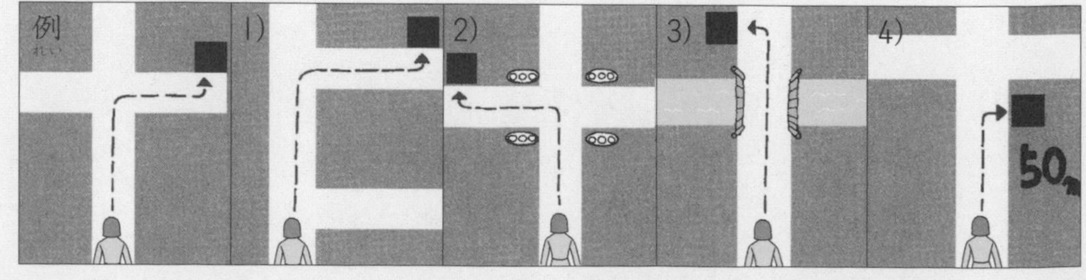

## 練習C
れんしゅう

1. A : すみません。 この ①機械の 使い方を 教えて ください。

       きかい　つかかた　おし

   B : ええ。

   A : ②お金を 出す とき、どう しますか。
       かね　だ

   B : この ボタンを 押します。
       お

   1) ① ビデオ    ② テープを 止めます
                        と
   2) ① ファクス   ② 紙を 入れます
                     かみ　い
   3) ① コピー    ② サイズを 変えます

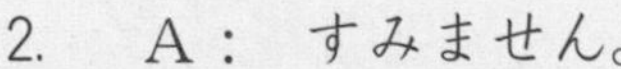

か

2. A : すみません。

   B : 何ですか。
       なん

   A : ①友達が 会社に 入った とき、
       ともだち　かいしゃ　はい
       日本人は どんな 物を あげますか。

にほんじん　　　もの

   B : そうですね。

       ②ネクタイや かばんなどですね。

   A : そうですか。

   1) ① 友達が 結婚します
         ともだち　けっこん
      ② お金や 電気製品
         かね　でんきせいひん
   2) ① 子どもが 生まれました
         こ　　う
      ② お金や 服
         かね　ふく
   3) ① 友達が 新しい うちに 引っ越しました
         ともだち　あたら　　　　ひ　こ
      ② 絵や 時計
         え　とけい

3. A : ちょっと すみません。

       この 近くに ①銀行が ありますか。

ちか　ぎんこう

   B : ①銀行ですか。
       あそこに 信号が ありますね。
              しんごう

   A : ええ。

   B : あそこを 渡って、②まっすぐ 行くと、右に あります。
              わた　　　　　　　　　　みぎ

   1) ① スーパー    ② 1つ目の 角を 右へ 曲がります
                       ひと　め　かど　みぎ　ま
   2) ① 郵便局      ② 2つ目の 角を 左へ 曲がります
         ゆうびんきょく　ふた　め　かど　ひだり　ま
   3) ① 本屋        ② 100メートルぐらい 歩きます
         ほんや　　　　　　　　　　　　ある

## 問題（もんだい）

1.
1) ____________________
2) ____________________
3) ____________________
4) ____________________
5) ____________________

2.
1)
① 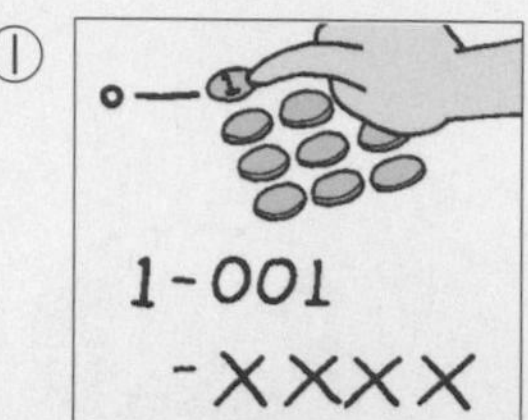

② 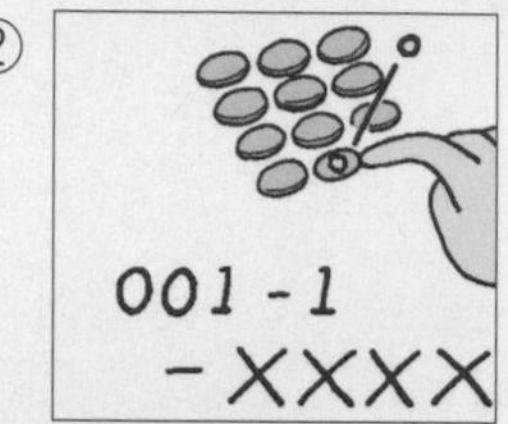

③ 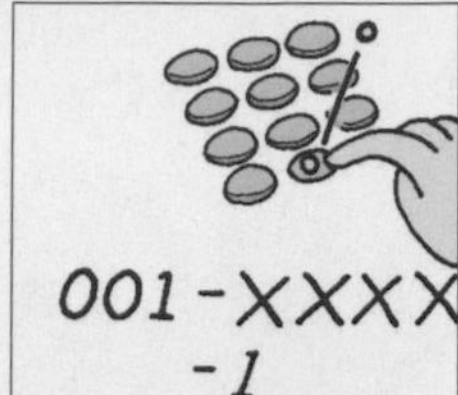


2)
① 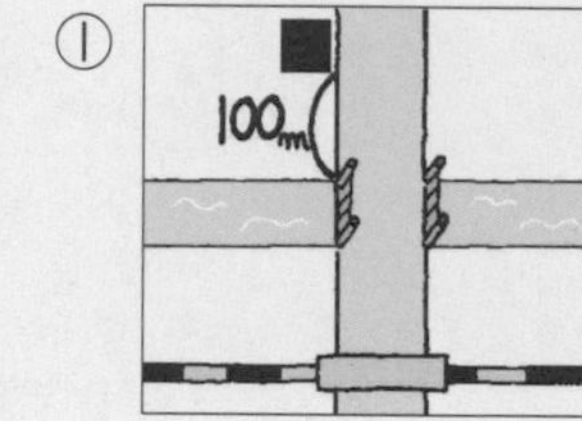

② 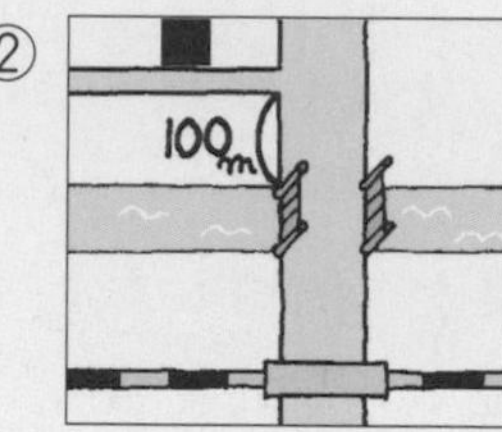

③ 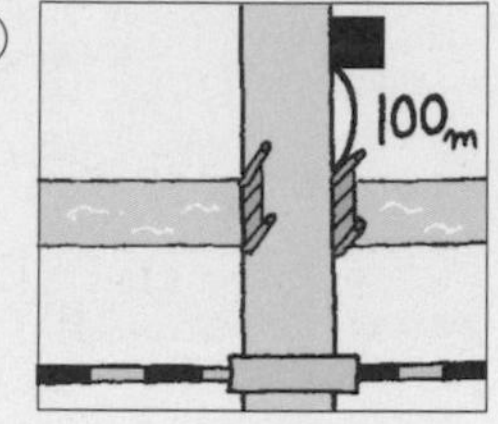


3.
1)（　　）　2)（　　）　3)（　　）

4. 例1：買（か）い物（もの）に（ 行（い）く ）とき、カードを 持（も）って 行（い）きます。
例2：妻（つま）が（ いない ）とき、レストランで 食事（しょくじ）します。

| あります　~~います~~　借（か）ります　~~行（い）きます~~　渡（わた）ります　出（で）ます |
|---|

1) 図書館（としょかん）で 本（ほん）を（　　　）とき、カードが 要（い）ります。
2) 道（みち）を（　　　）とき、左（ひだり）と 右（みぎ）を よく 見（み）なければ なりません。
3) 時間（じかん）が（　　　）とき、朝（あさ）ごはんを 食（た）べません。
4) お釣（つ）りが（　　　）とき、この ボタンを 押（お）して ください。

5. 例：うちへ（ 帰る、（帰った） ）とき、「ただいま」と 言います。
   1) （ 疲れる、 疲れた ）とき、熱い おふろに 入って、早く 寝ます。
   2) うちを（ 出る、 出た ）とき、電気を 消しませんでした。
   3) 朝（ 起きる、 起きた ）とき、家族の 写真に 「おはよう」と 言います。
   4) きのうの 夜（ 寝る、 寝た ）とき、少し お酒を 飲みました。

6. 例：（ 眠いです→ 眠い ）とき、顔を 洗います。
   1) （ 暇です→ ）とき、遊びに 来て ください。
   2) （ 独身です→ ）とき、よく 旅行を しました。
   3) 母は（ 若いです→ ）とき、とても きれいでした。

7. 例：この お茶を（ 飲む ）と、元気に なります。
   1) あの 交差点を 左へ（ ）と、銀行が あります。
   2) この つまみを 右へ（ ）と、音が 大きく なります。
   3) この 料理は 少し お酒を（ ）と、おいしく なります。

8.

**聖徳太子**

聖徳太子は 574年に 奈良で 生まれました。 子どもの とき、勉強が 好きで、馬の 乗り方も 上手で、友達が たくさん いました。一度に 10人の 人の 話を 聞く ことが できました。

20歳に なった とき、国の 政治の 仕事を 始めました。 そして お寺を 造ったり、日本人を 中国に 送ったり しました。中国から 漢字や 政治の し方や 町の 造り方などを 習いました。 本も 書きました。

聖徳太子が 造った 法隆寺は 奈良に あります。世界の 木の 建物の 中で いちばん 古い 建物です。

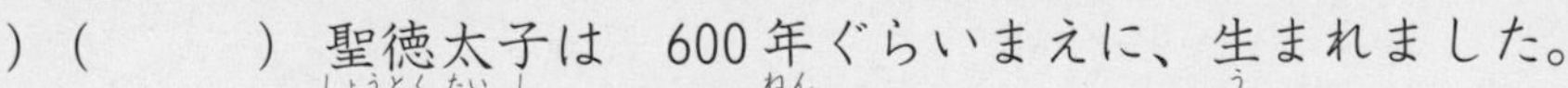

1) （ ） 聖徳太子は 600年ぐらいまえに、生まれました。
2) （ ） 聖徳太子は 友達が 10人 いました。
3) （ ） 聖徳太子は 中国へ 行って、漢字や 馬の 乗り方を 習いました。
4) （ ） 法隆寺は 世界の 建物の 中で いちばん 古いです。

# 24 手伝って　くれますか

て つだ

## 単語

たん ご

1. くれます Ⅱ　　給（我）
2. つれて　いきます Ⅰ　連れて　行きます　帶（某人）去
3. つれて　きます Ⅲ　連れて　来ます　帶（某人）來
4. おくります Ⅰ　送ります　送〔人〕
   ［ひとを～］　［人を～］
5. しょうかいします Ⅲ　紹介します　介紹
6. あんないします Ⅲ　案内します　帶路，引導
7. せつめいします Ⅲ　説明します　說明
8. いれます Ⅱ　　沖，泡〔咖啡〕
   ［コーヒーを～］
9. おじいさん／おじいちゃん　　祖父，老爺爺
10. おばあさん／おばあちゃん　　祖母，老奶奶
11. じゅんび　準備　準備（～します：做準備）
12. いみ　意味　意思
13. ［お］かし　［お］菓子　糕點，點心
14. ぜんぶ　全部　全部
15. じぶんで　自分で　自己～

## 会話

1. ほかに　　另外

2. ワゴン車　　旅行車

3. ［お］弁当　　餐盒，便當

4. 母の日　　母親節

## 文型

1. 佐藤さんは　わたしに　クリスマスカードを　くれました。
2. わたしは　木村さんに　本を　貸して　あげました。
3. わたしは　山田さんに　病院の　電話番号を　教えて　もらいました。
4. 母は　わたしに　セーターを　送って　くれました。

## 例文

1. 太郎君は　おばあちゃんが　好きですか。
　…はい、好きです。　おばあちゃんは　いつも　お菓子を　くれます。
2. おいしい　ワインですね。
　…ええ、佐藤さんが　くれました。　フランスの　ワインです。
3. 太郎君は　母の　日に　お母さんに　何を　して　あげますか。
　…ピアノを　弾いて　あげます。
4. ミラーさん、きのうの　パーティーの　料理は　全部　自分で　作りましたか。
　…いいえ、ワンさんに　手伝って　もらいました。
5. 電車で　行きましたか。
　…いいえ。　山田さんが　車で　送って　くれました。

## 会話（かいわ）　手伝（てつだ）って　くれますか

カリナ：ワンさん、あした　引（ひ）っ越（こ）しですね。

手伝（てつだ）いに　行（い）きましょうか。

ワ　ン：ありがとう　ございます。

じゃ、すみませんが、9時（じ）ごろ　お願（ねが）いします。

カリナ：ほかに　だれが　手伝（てつだ）いに　行（い）きますか。

ワ　ン：山田（やまだ）さんと　ミラーさんが　来（き）て　くれます。

カリナ：車（くるま）は？

ワ　ン：山田（やまだ）さんに　ワゴン車（しゃ）を　貸（か）して　もらいます。

カリナ：昼（ひる）ごはんは　どう　しますか。

ワ　ン：えーと……。

カリナ：わたしが　お弁当（べんとう）を　持（も）って　行（い）きましょうか。

ワ　ン：すみません。　お願（ねが）いします。

カリナ：じゃ、また　あした。

## 練習(れんしゅう)A

1. ミラーさんは　わたしに　［ワイン／はな／カード］　を　くれました。

| | |
|---|---|
| ミラーさんは　わたしに | ワイン を　くれました。 |
| | はな |
| | カード |

2. これは　［ブラジルの　コーヒー／メキシコの　ぼうし／ちゅうごくの　おちゃ］　です。　［サントスさん／ミラーさん／ワンさん］　が　くれました。

| | | | | |
|---|---|---|---|---|
| これは | ブラジルの　コーヒー | です。 | サントスさん | が　くれました。 |
| | メキシコの　ぼうし | | ミラーさん | |
| | ちゅうごくの　おちゃ | | ワンさん | |

3. わたしは　カリナさんに　［CDを　かして／電話番号(でんわばんごう)を　おしえて／ことばの　意味(いみ)を　せつめいして］　あげました。

| | | | |
|---|---|---|---|
| わたしは　カリナさんに | CDを | かして | あげました。 |
| | 電話番号(でんわばんごう)を | おしえて | |
| | ことばの　意味(いみ)を | せつめいして | |

4. わたしは　山田(やまだ)さんに　［大阪城(おおさかじょう)へ　つれて　いって／引(ひ)っ越(こ)しを　てつだって／旅行(りょこう)の　写真(しゃしん)を　みせて］　もらいました。

| | | | |
|---|---|---|---|
| わたしは　山田(やまだ)さんに | 大阪城(おおさかじょう)へ | つれて　いって | もらいました。 |
| | 引(ひ)っ越(こ)しを | てつだって | |
| | 旅行(りょこう)の　写真(しゃしん)を | みせて | |

5. 山田(やまだ)さんは　わたしに　［地図(ちず)を　かいて／コーヒーを　いれて／おふろの　入(はい)り方(かた)を　せつめいして］　くれました。

| | | | |
|---|---|---|---|
| 山田(やまだ)さんは　わたしに | 地図(ちず)を | かいて | くれました。 |
| | コーヒーを | いれて | |
| | おふろの　入(はい)り方(かた)を | せつめいして | |

## 練習B

1. 例：　→　わたしは　イーさんに　プレゼントを　もらいました。

　　　　→　イーさんは　わたしに　プレゼントを　くれました。

　1)　→　　2)　→　　3)　→　　4)　→

　　　→　　　　→　　　　→　　　　→

2. 例：　道を　教えます・おじいさん

　　　→　わたしは　おじいさんに　道を　教えて　あげました。

　1)　自転車を　貸します・テレサちゃん　→

　2)　手紙を　読みます・おばあさん　→

　3)　スペイン料理を　作ります・友達　→

　4)　飛行機の　雑誌を　見せます・太郎君　→

3. 例：　→　わたしは　佐藤さんに　傘を　貸して　もらいました。

　　　　→　佐藤さんは　わたしに　傘を　貸して　くれました。

　1)　→　　2)　→　　3)　→　　4)　→

　　　→　　　　→　　　　→　　　　→

| 例：かします | 1) みせます | 2) しょうかいします | 3) かきます | 4) おしえます |
|---|---|---|---|---|
| | | たなかさん | | 385-1469 |
| 佐藤さん | ワンさん | タワポンさん | ワットさん | カリナさん |

4. 例：　日本語を　教えます（小林先生）

→　だれに　日本語を　教えて　もらいましたか。

……小林先生に　教えて　もらいました。

1)　本を　貸します（佐藤さん）→

2)　コピーを　手伝います（山田さん）→

3)　京都を　案内します（木村さん）→

4)　すき焼きを　作ります（松本さん）→

5. 例：　お金を　払います（山田さん）

→　だれが　お金を　払って　くれましたか。

……山田さんが　払って　くれました。

1)　セーターを　送ります（母）→

2)　大阪城へ　連れて　行きます（会社の　人）→

3)　駅まで　送ります（友達）→

4)　写真を　撮ります（サントスさん）→

## 練習（れんしゅう）C

1. A：すてきな　①かばんですね。

　B：ありがとう　ございます。

　　②大学（だいがく）に　入（はい）った　とき、③姉（あね）が　くれました。

　1)　①　スーツ

　　　②　大学（だいがく）を　出（で）ました　　③　母（はは）

　2)　①　ネクタイ

　　　②　会社（かいしゃ）に　入（はい）りました　③　兄（あに）

　3)　①　時計（とけい）

　　　②　結婚（けっこん）しました　　③　父（ちち）

2. A：①一人（ひとり）で　来（き）ましたか。

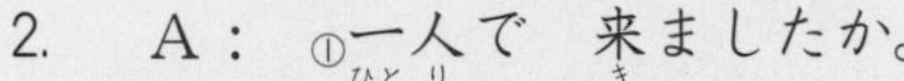

　B：いいえ。　佐藤（さとう）さんに　②連（つ）れて　来（き）て　もらいました。

　A：そうですか。

　1)　①　電車（でんしゃ）で　来（き）ます

　　　②　車（くるま）で　送（おく）ります

　2)　①　使（つか）い方（かた）が　すぐ　わかります

　　　②　説明（せつめい）します

　3)　①　全部（ぜんぶ）　一人（ひとり）で　します

　　　②　手伝（てつだ）います

3. A：もう　出張（しゅっちょう）の　準備（じゅんび）を　しましたか。

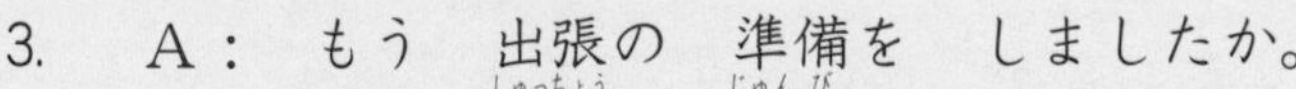

　B：はい。

　A：①資料（しりょう）は？

　B：佐藤（さとう）さんが　②コピーして　くれました。

　1)　①　新幹線（しんかんせん）の　切符（きっぷ）

　　　②　買（か）いに　行（い）きます

　2)　①　荷物（にもつ）

　　　②　送（おく）ります

　3)　①　ホテル

　　　②　予約（よやく）します

## 問題（もんだい）

1. 1) ____________________
2) ____________________
3) ____________________
4) ____________________
5) ____________________

2. 1) （　　）　2) （　　）　3) （　　）
4) （　　）　5) （　　）

3. 例（れい）：太郎君（たろうくん）は　テレサちゃんに　花（はな）を　（（あげました）、　くれました）。
   1) ワットさんは　わたしに　英語（えいご）の　辞書（じしょ）を　（あげました、くれました）。
   2) わたしは　カリナさんに　大学（だいがく）を　案内（あんない）して　（くれました、もらいました）。
   3) 休（やす）みの　日（ひ）　夫（おっと）は　よく　料理（りょうり）を　作（つく）って　（あげます、　くれます）。
   4) 駅（えき）で　友達（ともだち）に　細（こま）かい　お金（かね）を　貸（か）して　（もらいました、　くれました）。

4. 例（れい）：ミラー：　すみません。　塩（しお）を　取（と）って　ください。
   わたし：　はい、どうぞ。
   →　わたしは　ミラーさんに　塩（しお）を　取（と）って　あげました。（　○　）
   1) グプタ：　あ、細（こま）かい　お金（かね）が　ない。
   わたし：　グプタさん。　この　テレホンカードを　使（つか）って　ください。
   グプタ：　すみません。
   →　わたしは　グプタさんに　テレホンカードを　貸（か）して　あげました。　（　　）
   2) 男（おとこ）の　人（ひと）：　重（おも）いでしょう？　持（も）ちましょうか。
   わたし　：　ありがとう　ございます。
   →　男（おとこ）の　人（ひと）は　わたしの　荷物（にもつ）を　持（も）って　くれました。（　　）

3)　(エレベーターで)

ミラー：　すみません。　6階　お願いします。

わたし：　はい。

→　わたしは　ミラーさんに　エレベーターの　ボタンを　押して　もらいました。　(　　)

5. 例：　わたしは　ミラーさん（　に　）　チョコレートを　あげました。

1)　父は　誕生日に　時計（　　）　くれました。

2)　だれ（　　）　引っ越しを　手伝って　くれますか。

……カリナさん（　　）　手伝って　くれます。

3)　わたしは　山田さん（　　）　駅まで　送って　もらいました。

4)　わたしは　彼（　　）　旅行の　本を　送って　あげました。

6.

僕の　おばあちゃん

僕の　おばあちゃんは　88歳で、元気です。　一人で　住んで　います。天気が　いい　とき、おばあちゃんは　病院へ　友達に　会いに　行きます。病院に　友達が　たくさん　いますから。　天気が　悪い　とき、足の　調子が　よくないですから、出かけません。

おばあちゃんが　僕の　うちへ　来た　とき、僕は　学校で　習った　歌を　歌って　あげます。　おばあちゃんは　僕に　古い　日本の　お話を　して　くれます。　そして　パンや　お菓子を　作って　くれます。

おばあちゃんが　うちへ　来ると、うちの　中が　とても　にぎやかに　なります。

1)（　　）　おばあちゃんは　僕の　家族と　いっしょに　住んで　います。

2)（　　）　おばあちゃんは　足の　調子が　悪い　とき、　病院へ　行きます。

3)（　　）　おばあちゃんは　僕に　日本の　古い　歌を　歌って　くれます。

4)（　　）　僕は　おばあちゃんが　好きです。

# 25 いろいろ お世話に なりました

せわ

## 単語

たんご

| | | |
|---|---|---|
| 1. かんがえます Ⅱ | 考えます | 思考，想 |
| 2. つきます Ⅰ<br>［えきに～］ | 着きます<br>［駅に～］ | 到達，抵達〔車站〕 |
| 3. りゅうがくします Ⅲ | 留学します | 留學 |
| 4. とります Ⅰ<br>［としを～］ | 取ります<br>［年を～］ | 上〔年紀〕 |
| 5. いなか | 田舎 | 鄉下，故鄉 |
| 6. たいしかん | 大使館 | 大使館 |
| 7. グループ | | 團體，組，群 |
| 8. チャンス | | 機會 |
| 9. おく | 億 | 億 |
| 10. もし［～たら］ | | 如果～ |
| 11. いくら［～ても］ | | 無論～也，怎麼～也 |

## 会話（かいわ）

1. 転勤（てんきん）　調職（～します：調職）
2. こと　事情，狀況（～の　こと：～的事）
3. 一杯（いっぱい）　飲（の）みましょう。　喝一杯吧！
4. ［いろいろ］お世話（せわ）に　なりました。　受到您〔多方〕照顧。
5. 頑張（がんば）ります I　努力，盡力
6. どうぞ　お元気（げんき）で。　請保重。（用在將長期分開時）

## 文型(ぶんけい)

1. 雨(あめ)が　降(ふ)ったら、出(で)かけません。
2. 雨(あめ)が　降(ふ)っても、出(で)かけます。

## 例文(れいぶん)

1. もし　1億円(おくえん)　あったら、何(なに)を　したいですか。
   …コンピューターソフトの　会社(かいしゃ)を　作(つく)りたいです。
2. 約束(やくそく)の　時間(じかん)に　友達(ともだち)が　来(こ)なかったら、どう　しますか。
   …すぐ　帰(かえ)ります。
3. あの　新(あたら)しい　靴屋(くつや)は　いい　靴(くつ)が　たくさん　ありますよ。
   …そうですか。　安(やす)かったら、買(か)いたいです。
4. あしたまでに　レポートを　出(だ)さなければ　なりませんか。
   …いいえ。　無理(むり)だったら、金曜日(きんようび)に　出(だ)して　ください。
5. もう　子(こ)どもの　名前(なまえ)を　考(かんが)えましたか。
   …ええ、男(おとこ)の　子(こ)だったら、「ひかる」です。
   女(おんな)の　子(こ)だったら、「あや」です。
6. 大学(だいがく)を　出(で)たら、すぐ　働(はたら)きますか。
   …いいえ、1年(ねん)ぐらい　いろいろな　国(くに)を　旅行(りょこう)したいです。
7. 先生(せんせい)、この　ことばの　意味(いみ)が　わかりません。
   …辞書(じしょ)を　見(み)ましたか。
   ええ。　見(み)ても、わかりません。
8. 日本人(にほんじん)は　グループ旅行(りょこう)が　好(す)きですね。
   …ええ、安(やす)いですから。
   いくら　安(やす)くても、わたしは　グループ旅行(りょこう)が　嫌(きら)いです。

## 会話(かいわ)　いろいろ　お世話(せわ)に　なりました

山田(やまだ)：転勤(てんきん)、おめでとう　ございます。

ミラー　：ありがとう　ございます。

木村(きむら)：ミラーさんが　東京(とうきょう)へ　行(い)ったら、寂(さび)しく なりますね。
　　　　東京(とうきょう)へ　行(い)っても、大阪(おおさか)の　ことを　忘(わす)れないで くださいね。

ミラー　：もちろん。木村(きむら)さん、暇(ひま)が　あったら、ぜひ 東京(とうきょう)へ　遊(あそ)びに　来(き)て　ください。

サントス：ミラーさんも　大阪(おおさか)へ　来(き)たら、電話(でんわ)を　ください。 一杯(いっぱい)　飲(の)みましょう。

ミラー　：ええ、ぜひ。
　　　　皆(みな)さん、ほんとうに　いろいろ　お世話(せわ)に なりました。

佐藤(さとう)：体(からだ)に　気(き)を　つけて、頑張(がんば)って　ください。

ミラー　：はい、頑張(がんば)ります。皆(みな)さんも　どうぞ　お元気(げんき)で。

## 練習(れんしゅう)A

1.

| | | | | | | |
|---|---|---|---|---|---|---|
| のみます | のん | だ | ら | のん | で | も |
| まちます | まっ | た | ら | まっ | て | も |
| たべます | たべ | た | ら | たべ | て | も |
| みます | み | た | ら | み | て | も |
| きます | き | た | ら | き | て | も |
| します | し | た | ら | し | て | も |
| あついです | あつ | かった | ら | あつ | くて | も |
| いいです | よ | かった | ら | よ | くて | も |
| すきです | すき | だった | ら | すき | で | も |
| かんたんです | かんたん | だった | ら | かんたん | で | も |
| びょうきです | びょうき | だった | ら | びょうき | で | も |
| あめです | あめ | だった | ら | あめ | で | も |

2.

| | | | |
|---|---|---|---|
| 雨(あめ)が | ふった | ら、 | 行(い)きません。 |
| 時間(じかん)が | なかった | | 映画(えいが)を　見(み)ません。 |
| | やすかった | | あの　店(みせ)で　買(か)います。 |
| | ひまだった | | 遊(あそ)びに　行(い)きます。 |
| | いい　てんきだった | | 散歩(さんぽ)します。 |

3.

| | | | |
|---|---|---|---|
| 10時(じ)に | なった | ら、 | 出(で)かけましょう。 |
| うちへ | かえった | | すぐ　シャワーを　浴(あ)びます。 |
| 会社(かいしゃ)を | やめた | | 田舎(いなか)に　住(す)みたいです。 |

4.

| | | | |
|---|---|---|---|
| いくら | かんがえて | も、 | わかりません。 |
| お金(かね)が | なくて | | 毎日(まいにち)　楽(たの)しいです。 |
| | たかくて | | この　うちを　買(か)いたいです。 |
| | べんりで | | カードは　使(つか)いません。 |
| | にちようびで | | 働(はたら)きます。 |

## 練習B

1. 例：　お金が　あります・パソコンを　買いたいです
　　→　お金が　あったら、パソコンを　買いたいです。
   1)　駅まで　歩きます・30分　かかります　→
   2)　この　薬を　飲みます・元気に　なります　→
   3)　バスが　来ません・タクシーで　行きます　→
   4)　意見が　ありません・終わりましょう　→

2. 例1：　安いです・パソコンを　買います
　　→　安かったら、パソコンを　買います。
   例2：　雨です・出かけません　→　雨だったら、出かけません。
れい　　あめ　　で　　　　　　あめ　　　　　で

1)　駅が　近いです・便利です　→
   2)　寒いです・エアコンを　つけて　ください　→
   3)　使い方が　簡単です・買います　→
つか かた　かんたん　　か

4)　速達です・あした　着きます　→

3. 例1：　ワープロが　故障します・どう　しますか
　　→　ワープロが　故障したら、どう　しますか。
　　……電気屋へ　持って　行きます。
   例2：　日曜日　天気が　悪いです・何を　しますか
れい　　にちようび てんき わる　　なに
　　→　日曜日　天気が　悪かったら、何を　しますか。
にちようび てんき わる　　なに
　　……うちで　音楽を　聞きます。
   1)　パスポートを　なくします・どう　しますか　→
   2)　細かい　お金が　ありません・どう　しますか　→
   3)　日曜日　いい　天気です・何を　しますか　→
にちようび　　てんき　なに

4)　休みを　1か月　もらいます・何を　しますか　→

4. 例(れい)：　昼(ひる)ごはんを　食(た)べます・映画(えいが)を　見(み)に　行(い)きませんか

　→　昼(ひる)ごはんを　食(た)べたら、映画(えいが)を　見(み)に　行(い)きませんか。

1)　駅(えき)に　着(つ)きます・電話(でんわ)を　ください　→

2)　仕事(しごと)が　終(お)わります・飲(の)みに　行(い)きましょう　→

3)　18歳(さい)に　なります・アメリカへ　留学(りゅうがく)します　→

4)　会社(かいしゃ)を　やめます・本(ほん)を　書(か)きたいです　→

5. 例(れい)：　覚(おぼ)えます・すぐ　忘(わす)れます　→　覚(おぼ)えても、すぐ　忘(わす)れます。

1)　考(かんが)えます・わかりません　→

2)　練習(れんしゅう)を　します・上手(じょうず)に　なりません　→

3)　年(とし)を　取(と)ります・働(はたら)きたいです　→

4)　結婚(けっこん)します・名前(なまえ)を　変(か)えません　→

6. 例(れい)1：　安(やす)いです・買(か)いません　→　安(やす)くても、買(か)いません。

例(れい)2：　嫌(きら)いです・食(た)べます　→　嫌(きら)いでも、食(た)べます。

1)　眠(ねむ)いです・レポートを　書(か)かなければ　なりません　→

2)　高(たか)いです・日本(にほん)の　車(くるま)が　欲(ほ)しいです　→

3)　病気(びょうき)です・病院(びょういん)へ　行(い)きません　→

4)　歌(うた)が　下手(へた)です・カラオケは　楽(たの)しいです　→

7. 例(れい)1：　デザインが　よかったら、買(か)いますか。(はい)

　→　はい、デザインが　よかったら、買(か)います。

例(れい)2：　安(やす)かったら、買(か)いますか。(いいえ)

　→　いいえ、安(やす)くても、買(か)いません。

1)　年(とし)を　取(と)ったら、田舎(いなか)に　住(す)みたいですか。(いいえ)　→

2)　この　本(ほん)を　読(よ)んだら、日本人(にほんじん)の　考(かんが)え方(かた)が　わかりますか。(はい)　→

3)　チャンスが　あったら、留学(りゅうがく)したいですか。(はい)　→

4)　お酒(さけ)を　飲(の)んだら、楽(たの)しく　なりますか。(いいえ)　→

## 練習(れんしゅう)C

1. A： あした ①時間(じかん)が あったら、②お酒(さけ)を 飲(の)みに 行(い)きませんか。

B： いいですね。 どこへ 行(い)きますか。

A： 神戸(こうべ)に いい 所(ところ)が ありますよ。

1) ① 天気(てんき)が いいです

② ゴルフを します

2) ① 暇(ひま)です

② ジャズを 聞(き)きます

3) ① 仕事(しごと)が 早(はや)く 終(お)わります

② フランス料理(りょうり)を 食(た)べます

2. A： 会議室(かいぎしつ)に いますから、①その 仕事(しごと)が 終(お)わったら、②来(き)て ください。

B： はい、わかりました。

1) ① アキックスの

牧野(まきの)さんが 来(き)ます

② 教(おし)えます

2) ① 資料(しりょう)を コピーします

② 持(も)って 来(き)ます

3) ① グプタさんから 電話(でんわ)が あります

② 呼(よ)びます

3. A： 来週(らいしゅう)の ①サッカーの 試合(しあい)、②雨(あめ)でも、ありますか。

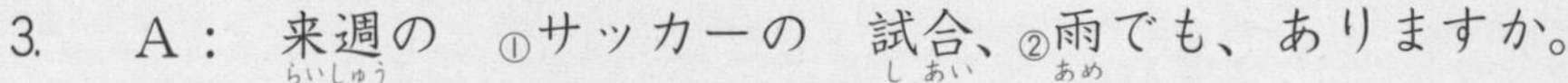

B： いいえ、②雨(あめ)だったら、ありません。

A： そうですか。

1) ① お花見(はなみ)

② 天気(てんき)が 悪(わる)いです

2) ① テニスの 試合(しあい)

② 雨(あめ)が 降(ふ)ります

3) ① スキー旅行(りょこう)

② 雪(ゆき)が 少(すく)ないです

## 問題

1.
1) ______________________________
2) ______________________________
3) ______________________________
4) ______________________________
5) ______________________________

2.
1) (　　)　2) (　　)　3) (　　)
4) (　　)　5) (　　)

3. 例：雨が　(　降ります→　降った　)ら、出かけません。
1) 毎日　日本語を　(　使います→　　　)ら、上手に　なります。
まいにち　にほんご　　　つか　　　　　　　　　じょうず

2) バスが　(　来ません→　　　)ら、タクシーで　行きましょう。
3) 月曜日が　(　無理です→　　　)ら、火曜日に　レポートを　出して
げつようび　　　むり　　　　　　　　かようび　　　　　　　　　だ
ください。
4) 日曜日　天気が　(　いいです→　　　)ら、ゴルフに　行きませんか。
にちようび　てんき　　　　　　　　　　　　　　　　　　い

5) いくら　(　考えます→　　　)も、わかりません。
6) パソコンは　高いですから、(　便利です→　　　)も、買いません。

4. 例：時間が　あったら、(　d　)　　a. エアコンを　つけて　ください。
1) お金が　あっても、(　　)　　b. 洗濯しなければ　なりません。
2) 暑かったら、(　　)　　c. 何も　買いません。
3) 仕事が　忙しくても、(　　)　　d. 遊びに　行きましょう。
しごと　　いそが　　　　　　　　　　あそ　　い

4) いい　会社だったら、(　　)　　e. 毎晩　日本語を　勉強します。
かいしゃ　　　　　　　　　　　まいばん　にほんご　　べんきょう

5) 雨でも、(　　)　　f. 入りたいです

5. 例：いつ　旅行に　行きますか。(　夏休みに　なります　)
れい　　　　りょこう　い　　　　　　　　なつやす

……夏休みに　なったら、すぐ　行きます。
1) 何時に　パワー電気へ　行きますか。(　会議が　終わります　)
なんじ　　　　でんき　い　　　　　　　　かいぎ　お
……______________________________。
2) いつ　結婚したいですか。(　大学を　出ます　)
けっこん　　　　　　　　だいがく　で
……______________________________。

3) 何時ごろ 出かけましょうか。( 昼ごはんを 食べます )

…… ＿＿＿＿＿＿＿＿＿＿＿＿＿＿＿＿＿＿＿＿＿＿＿＿＿＿。

4) いつごろ 新しい 仕事を 始めますか。( 国へ 帰ります )

…… ＿＿＿＿＿＿＿＿＿＿＿＿＿＿＿＿＿＿＿＿＿＿＿＿＿＿。

6.

**わたしが 欲しい 物**

いろいろな 人に いちばん 欲しい 物を 聞きました。

① 「時間」です。 会社へ 行って、働いて、うちへ 帰ったら、1日が 終わります。 1日が 短いです。 1日 36時間ぐらい 欲しいです。

(女の 人、25歳)

② 「僕の 銀行」が 欲しいです。 銀行を 持って いたら、好きな とき、お金を 出して、好きな 物を 買う ことが できます。

(男の 子、10歳)

③ 「若く なる 薬」です。 わたしは 若い とき、あまり 勉強しませんでした。 もう 一度 若く なったら、頑張って、勉強して、いい 仕事を したいです。

(女の 人、60歳)

④ 「ユーモア」が 欲しいです。 わたしが 話を すると、妻は すぐ 「あしたも 忙しいでしょう? 早く 寝て ください。」と 言います。 子どもは 「お父さん、その 話は もう 3回ぐらい 聞いたよ。」と 言います。 わたしは おもしろい 人に なりたいです。

(男の 人、43歳)

⑤ 「わたし」が もう 1人 欲しいです。 わたしは 毎日 学校で 勉強しなければ なりません。 「わたし」が 2人 いたら、1人が 学校で 勉強して いる とき、もう 1人の 「わたし」は 好きな ことが できます。 わたしは 2人に なりたいです。

(女の 子、14歳)

1) (　　) ①の 女の 人は 暇な 時間が あまり ありません。

2) (　　) ②の 男の 子は 今 お金が たくさん あります。

3) (　　) ③の 女の 人は 若い とき、勉強しませんでした。

4) (　　) ④の 男の 人と 話しても、おもしろくないです。

5) (　　) ⑤の 女の 子は 2人に なったら、いっしょに 学校へ 行きます。

## 復習E

1. 例：お元気ですか。
……（a．はい、そうです。　ⓑ．はい、元気です。　c．はい、どうぞ。）

1）始めまして。　どうぞ　よろしく。
……（a．そろそろ　失礼します。　b．どう　いたしまして。
c．こちらこそ　よろしく。）

2）これ、ほんの　気持ちです。　どうぞ。
……（a．どうぞ　よろしく　お願いします。　b．おめでとう
ございます。　c．ありがとう　ございます。）

3）コーヒーは　いかがですか。
……（a．おかげさまで。　b．ごちそうさま。　c．いただきます。）

4）どう　しましたか。
……（a．熱が　あります。　b．しかたが　ありません。
c．いろいろ　お世話に　なりました。）

5）ただいま。
……（a．お帰りなさい。　b．しばらくですね。　c．こんにちは。）

6）もう　一杯　いかがですか。
……（a．いいえ、違います。　b．いいえ、けっこうです。
c．いいえ、嫌いです。）

7）行って　いらっしゃい。
……（a．いらっしゃいませ。　b．行って　まいります。
c．ごめん　ください。）

8）あしたは　試合です。
……（a．じゃ、また　あした。　b．疲れましたね。
c．頑張って　ください。）

9）熱が　ありますから、きょうは　早く　帰ります。
……そうですか。（a．お大事に。　b．おかげさまで。　c．お帰りなさい。）

10）木村さんは　パーティーに　来ません。
……そうですか。（a．いいですね。　b．大変ですね。　c．残念ですね。）

11）来月　結婚します。
……（a．よろしく　お願いします。　b．ありがとう　ございます。
c．おめでとう　ございます。）

12）あした　国へ　帰ります。
……そうですか。（a．どうぞ　よろしく。　b．どうぞ　お元気で。
c．はい、どうぞ。）

2. 例：ちょっと（待ちます→　待って　）ください。
   1) （散歩します→　　　）とき、いつも　カメラを　持って　行きます。
   2) （暇です→　　　）とき、ビデオを　見ます。
   3) 夫が（病気です→　　　）とき、会社を　休みます。
   4) この　つまみを　右へ（回します→　　　）と、音が　大きく　なります。
   5) カリナさんに　引っ越しを（手伝います→　　　）もらいました。
   6) 山田さんが　駅まで　迎えに（来ます→　　　）くれました。
   7) おじいさんに　ファクスの　使い方を（教えます→　　　）あげました。
   8) お金が（あります→　　　）ら、世界の　いろいろな　所を　旅行したいです。
   9) あした　荷物が（着きません→　　　）ら、電話を　ください。
   10) （暑いです→　　　）ら、エアコンを　つけても　いいです。
   11) あした（雨です→　　　）ら、お祭りは　ありません。
   12) いくら（考えます→　　　）も、思い出す　ことが　できません。
   13) （忙しいです→　　　）も、新聞は　毎日　読みます。
   14) （嫌いです→　　　）も、野菜は　食べなければ　なりません。
   15) わたしは（日曜日です→　　　）も、早く　起きます。

3. 例：頭が（ⓐ.痛くても　b.痛かったら）、勉強します。
   1) みんなで　ビールを（a.飲む　b.飲んだ）とき、「乾杯」と　言います。
   2) 夜（a.寝る　b.寝た）とき、ちょっと　お酒を　飲みます。
   3) タクシーに（a.乗る　b.乗った）お金が　ありませんでしたから、バスで　帰りました。
   4) 右へ　曲がると、（a.郵便局へ　行きます　b.郵便局が　あります）。
   5) すてきな　シャツですね。
      ……これですか。　誕生日に　母が（a.あげました　b.くれました）。
   6) 先週の　土曜日　田中さんに　大阪城へ　連れて　行って（a.くれました　b.もらいました）。
   7) 昼ごはんを（a.食べた　とき　b.食べたら）、すぐ　出かけます。

# 助詞

1. [は]

資料は　ファクスで　送って　ください。　(第17課)
しりょう　　　　　　　おく　　　　　　　　　　　　　　だい　　か

2. [も]

何回も　ダイエットを　した　ことが　あります。　(19)

3. [の]

A：1）この　漢字の　読み方を　教えて　ください。　(14)
かんじ　　よ　かた　おし

2）インドネシアの　バンドンから　来ました。　(16)

B：もう　少し　大きいのは　ありませんか。　(14)

4. [を]

A：京都で　電車を　降ります。　(16)
きょうと　でんしゃ　お

B：1）あの　信号を　渡って　ください。　(23)

2）この　道を　まっすぐ　行くと、駅が　あります。　(23)

5. [が]

A：1）スキーが　できますか。　(18)

2）わたしは　テープレコーダーが　要ります。　(20)

B：来月　京都で　お祭りが　あります。　(21)
らいげつ　きょうと　まつ

C：1）サントスさんは　背が　高いです。　(16)

2）わたしは　のどが　痛いです。　(17)

D：1）雨が　降って　います。　(14)

2）これに　触ると、水が　出ます。　(23)

3）音が　小さいです。　(23)

E：1）コンサートが　終わってから、食事に　行きます。　(16)

2）約束の　時間に　友達が　来なかったら、どう　しますか。(25)
やくそく　じかん　ともだち　こ

3）妻が　病気の　とき、会社を　休みます。　(23)
つま　びょうき　かいしゃ　やす

4)　カリナさんが　かいた　絵は　どれですか。 (22)

F:　1)　佐藤さんが　ワインを　くれました。 (24)

2)　だれが　お金を　払って　くれましたか。 (24)

6.　[に]

A:　マリアさんは　大阪に　住んで　います。 (15)

B:　1)　ここに　座って　ください。 (15)

2)　梅田から　電車に　乗ります。 (16)

3)　ここに　名前を　書いて　ください。 (14)

4)　これに　触ると、水が　出ます。 (23)

C:　テレサちゃんは　10歳に　なりました。 (19)

7.　[へ]

あの　信号を　右へ　曲がって　ください。 (14)

8.　[で]

7月に　京都で　お祭りが　あります。 (21)

9.　[と]

A:　佐藤さんは　会議室で　部長と　話して　います。 (14)

B:　1)　あした　雨が　降ると　思います。 (21)

2)　首相は　来月　アメリカへ　行くと　言いました。 (21)

10.　[から] [まで]

駅まで　迎えに　行きましょうか。 (14)

11.　[までに]

土曜日までに　本を　返さなければ　なりません。 (17)

12.　[でも]

ちょっと　ビールでも　飲みませんか。 (21)

# フォームの　使（つか）い方（かた）

1. [ます形（けい）]

| | | |
|---|---|---|
| **ます形（けい）**ましょうか | タクシーを　呼（よ）びましょうか。 | (第（だい）14課（か）) |

2. [て形（けい）]

| | | |
|---|---|---|
| **て形（けい）**　ください | すみませんが、ボールペンを　貸（か）して　ください。 | (14) |
| **て形（けい）**　います | 佐藤（さとう）さんは　今（いま）　ミラーさんと　話（はな）して　います。 | (14) |
| | マリアさんは　大阪（おおさか）に　住（す）んで　います。 | (15) |
| **て形（けい）**も　いいです | たばこを　吸（す）っても　いいですか。 | (15) |
| **て形（けい）**は　いけません | 美術館（びじゅつかん）で　写真（しゃしん）を　撮（と）っては　いけません。 | (15) |
| **て形（けい）**から、～ | 仕事（しごと）が　終（お）わってから、泳（およ）ぎに　行（い）きます。 | (16) |
| **て形（けい）**、**て形（けい）**、～ | 朝（あさ）　ジョギングを　して、シャワーを　浴（あ）びて、会社（かいしゃ）へ　行（い）きます。 | (16) |
| **て形（けい）**　あげます | ミラーさんに　CDを　貸（か）して　あげます。 | (24) |
| **て形（けい）**　もらいます | 佐藤（さとう）さんに　大阪城（おおさかじょう）へ　連（つ）れて　行（い）って　もらいました。 | (24) |
| **て形（けい）**　くれます | 山田（やまだ）さんが　車（くるま）で　送（おく）って　くれました。 | (24) |

3. [ない形（けい）]

| | | |
|---|---|---|
| **ない形（けい）**ないで　ください | ここで　写真（しゃしん）を　撮（と）らないで　ください。 | (17) |
| **ない形（けい）**なければ　なりません | パスポートを　見（み）せなければ　なりません。 | (17) |
| **ない形（けい）**なくても　いいです | 靴（くつ）を　脱（ぬ）がなくても　いいです。 | (17) |

4. [辞書形(じしょけい)]

| | | |
|---|---|---|
| 辞書形(じしょけい) ことが できます | わたしは ピアノを 弾(ひ)く ことが できます。 | (18) |
| 辞書形(じしょけい) ことです | 趣味(しゅみ)は 映画(えいが)を 見(み)る ことです。 | (18) |
| 辞書形(じしょけい) まえに、～ | 寝(ね)る まえに、本(ほん)を 読(よ)みます。 | (18) |
| 辞書形(じしょけい)と、～ | 右(みぎ)へ 曲(ま)がると、郵便局(ゆうびんきょく)が あります。 | (23) |

5. [た形(けい)]

| | | |
|---|---|---|
| た形(けい) ことが あります | 北海道(ほっかいどう)へ 行(い)った ことが あります。 | (19) |
| た形(けい)り、た形(けい)り します | 休(やす)みの 日(ひ)は テニスを したり、散歩(さんぽ)に 行(い)ったり します。 | (19) |

6. [普通形(ふつうけい)]

| | | |
|---|---|---|
| 普通形(ふつうけい)と おもいます | ミラーさんは もう 帰(かえ)ったと 思(おも)います。 | (21) |
| | 日本(にほん)は 物価(ぶっか)が 高(たか)いと 思(おも)います。 | (21) |
| | 家族(かぞく)が いちばん 大切(たいせつ)だと 思(おも)います。 | (21) |
| 普通形(ふつうけい)と いいます | 兄(あに)は 10時(じ)までに 帰(かえ)ると 言(い)いました。 | (21) |

| | | | | |
|---|---|---|---|---|
| 動詞(どうし) | 普通形(ふつうけい) | でしょう？ | あしたの パーティーに 行(い)くでしょう？ | (21) |
| い形容詞(けいようし) | 普通形(ふつうけい) | でしょう？ | 朝(あさ)の ラッシュは すごいでしょう？ | (21) |
| な形容詞(けいようし) | 普通形(ふつうけい) ～だ | でしょう？ | パソコンは 便利(べんり)でしょう？ | (21) |
| 名詞(めいし) | 普通形(ふつうけい) ～だ | でしょう？ | 彼(かれ)は アメリカ人(じん)でしょう？ | (21) |

| | | |
|---|---|---|
| 動詞普通形(どうしふつうけい) 名詞(めいし) | これは わたしが 作(つく)った ケーキです。 | (22) |

7. **動詞普通形**
   どうし ふつうけい
   **い形容詞**
   けいようし
   **な形容詞**な
   けいようし
   **名詞**の
   めいし
   }とき、〜

新聞を　読む　とき、眼鏡を　かけます。(23)
しんぶん　よ　　　　　　めがね

眠い　とき、コーヒーを　飲みます。(23)
ねむ　　　　　　　　の

暇な　とき、ビデオを　見ます。　(23)
ひま　　　　　　　　み

雨の　とき、タクシーに　乗ります。(23)
あめ　　　　　　　　　　の

8. **普通形過去**ら、〜
   ふつうけいかこ

パソコンが　あったら、便利です。　(25)
べんり

パソコンが　安かったら、買います。(25)
やす　　　　　　　か

使い方が　簡単だったら、買います。(25)
つか　かた　かんたん　　　　　　か

いい　天気だったら、散歩します。　(25)
てんき　　　　　さんぽ

9. **動詞て形**
   どうし けい
   **い形容詞**
   けいようし
   **な形容詞**で
   けいようし
   **名詞**で
   めいし
   〜くて}も、〜

辞書を　見ても、意味が　わかりません。(25)
じしょ　み　　　いみ

パソコンが　安くても、買いません。(25)
やす　　　　　　か

嫌いでも、食べなければ　なりません。(25)
きら　　　　た

彼は　日曜日でも、働きます。　(25)
かれ　にちようび　　はたら

# 接続の　いろいろ

1. ～で　奈良は　静かで、きれいな　町です。（第16課）
な　ら　しず　　　　　　　　　　　まち　　　　　　　だい　か

～くて　この　パソコンは　軽くて、便利です。（16）

～たり　休みの　日は　テニスを　したり、散歩に　行ったり　します。（19）

～が　すみませんが、ボールペンを　貸して　ください。（14）

2. ～てから　コンサートが　終わってから、レストランで　食事しました。（16）

～て、～て　朝　ジョギングを　して、シャワーを　浴びて、会社へ　行きます。（16）

～まえに　寝る　まえに、日記を　書きます。（18）

～とき　図書館で　本を　借りる　とき、カードが　要ります。（23）
と しょかん　ほん　　か　　　　　　　　　　い

3. ですから　きょうは　妻の　誕生日です。　ですから　早く　帰らなければ　なりません。（17）
つま　たんじょうび　　　　　　　　はや

4. ～けど　この　カレーは　辛いけど、おいしい。（20）

しかし　ダンスは　体に　いいですから、あしたから　毎日　練習します。
まいにち　れんしゅう

…しかし　無理な　練習は　体に　よくないですよ。（19）
む り　　れんしゅう　からだ

5. ～と　この　ボタンを　押すと、お釣りが　出ます。（23）

～たら　雨が　降ったら、出かけません。（25）

6. ～ても　雨が　降っても、出かけます。（25）

# 副詞・副詞的　表現

| | | | |
|---|---|---|---|
| 1. | ぜんぶ | 宿題は　全部　終わりました。 | （第24課） |
| | もう　すこし | もう　少し　小さいのは　ありませんか。 | (14) |
| | もう | もう　1枚　コピーを　して　ください。 | (14) |
| 2. | よく | ミラーさんは　よく　喫茶店へ　行きます。 | (22) |
| | また | また　あした　来て　ください。 | (14) |
| | もう　いちど | もう　一度　お願いします。 | (II) |
| 3. | すぐ | すぐ　レポートを　送って　ください。 | (14) |
| | あとで | また　あとで　来ます。 | (14) |
| | まず | まず　この　ボタンを　押して　ください。 | (16) |
| | つぎに | 次に　カードを　入れて　ください。 | (16) |
| | さいきん | 最近　日本は　サッカーが　強く　なりました。 | (21) |
| 4. | じぶんで | パーティーの　料理は　全部　自分で　作りました。 | (24) |
| | みんなで | あした　みんなで　京都へ　行きます。 | (20) |
| | ほかに | ほかに　だれが　手伝いに　行きますか。 | (24) |
| | ゆっくり | ゆっくり　話して　ください。 | (14) |
| | | きょうは　ゆっくり　休んで　ください。 | (17) |
| | だんだん | これから　だんだん　暑く　なります。 | (19) |
| | まっすぐ | まっすぐ　行って　ください。 | (14) |
| 5. | なかなか | 日本では　なかなか　馬を　見る　ことが　できません。 | (18) |
| | いちども | 一度も　すしを　食べた　ことが　ありません。 | (19) |

**ぜひ**　ぜひ　北海道(ほっかいどう)へ　行(い)きたいです。 (18)

**たぶん**　ミラーさんは　たぶん　知(し)らないと　思(おも)います。 (21)

**きっと**　あしたは　きっと　いい　天気(てんき)に　なると
思(おも)います。 (21)

**もし**　もし　1億円(おくえん)　あったら、会社(かいしゃ)を　作(つく)りたいです。(25)

**いくら**　いくら　安(やす)くても、グループ旅行(りょこう)が　嫌(きら)いです。 (25)

6. **とくに**　あの　映画(えいが)で　特(とく)に　お父(とう)さんが　よかったです。(15)

**じつは**　実(じつ)は　ダイエットを　して　います。 (19)

**ほんとうに**　日本(にほん)は　ほんとうに　食(た)べ物(もの)が　高(たか)いと　思(おも)います。(21)

**もちろん**　試合(しあい)は　もちろん　ブラジルが　勝(か)つと　思(おも)います。(21)

スリーエー ネットワーク

Minna no Nihongo

# ——附 録——

## V. 動詞活用

### I 類

| | ます形 | | て形 | 字典形 |
|---|---|---|---|---|
| 洗います | あらい | ます | あらって | あらう |
| あります［おまつりが～］ | あり | ます | あって | ある |
| 歩きます［みちを～］ | あるき | ます | あるいて | あるく |
| 言います | いい | ます | いって | いう |
| 急ぎます | いそぎ | ます | いそいで | いそぐ |
| 要ります［ビザが～］ | いり | ます | いって | いる |
| 動きます［とけいが～］ | うごき | ます | うごいて | うごく |
| 歌います | うたい | ます | うたって | うたう |
| 売ります | うり | ます | うって | うる |
| 置きます | おき | ます | おいて | おく |
| 送ります［ひとを～］ | おくり | ます | おくって | おくる |
| 押します | おし | ます | おして | おす |
| 思います | おもい | ます | おもって | おもう |
| 思い出します | おもいだし | ます | おもいだして | おもいだす |
| 返します | かえし | ます | かえして | かえす |
| 勝ちます | かち | ます | かって | かつ |
| かぶります［ぼうしを～］ | かぶり | ます | かぶって | かぶる |
| 聞きます［せんせいに～］ | きき | ます | きいて | きく |
| 消します | けし | ます | けして | けす |
| 触ります［ドアに～］ | さわり | ます | さわって | さわる |
| 知ります | しり | ます | しって | しる |
| 住みます | すみ | ます | すんで | すむ |
| 座ります | すわり | ます | すわって | すわる |
| 立ちます | たち | ます | たって | たつ |
| 出します | だし | ます | だして | だす |
| 出します［レポートを～］ | だし | ます | だして | だす |
| 使います | つかい | ます | つかって | つかう |
| 着きます［えきに～］ | つき | ます | ついて | つく |
| 作ります、造ります | つくり | ます | つくって | つくる |
| 連れて 行きます | つれて いき | ます | つれて いって | つれて いく |

| ない形 | | た形 | 意思 | 課 |
|---|---|---|---|---|
| あらわ | ない | あらった | 洗 | 18 |
| — | ない | あった | 舉行 | 21 |
| あるか | ない | あるいた | 走〔路〕 | 23 |
| いわ | ない | いった | 說 | 21 |
| いそが | ない | いそいだ | 趕快，緊急 | 14 |
| いら | ない | いった | 要，需要 | 20 |
| うごか | ない | うごいた | 〔鐘錶〕轉動 | 23 |
| うたわ | ない | うたった | 唱 | 18 |
| うら | ない | うった | 賣，銷售 | 15 |
| おか | ない | おいた | 放置，擺置 | 15 |
| おくら | ない | おくった | 送〔人〕 | 24 |
| おさ | ない | おした | 推，按 | 16 |
| おもわ | ない | おもった | 認爲，覺得 | 21 |
| おもいださ | ない | おもいだした | 想起來 | 15 |
| かえさ | ない | かえした | 歸還，還 | 17 |
| かた | ない | かった | 贏，得勝 | 21 |
| かぶら | ない | かぶった | 戴〔帽子等〕 | 22 |
| きか | ない | きいた | 問〔老師〕 | 23 |
| けさ | ない | けした | 關掉（電燈、冷氣等） | 14 |
| さわら | ない | さわった | 摸，碰觸〔門〕 | 23 |
| しら | ない | しった | 得知 | 15 |
| すま | ない | すんだ | 居住 | 15 |
| すわら | ない | すわった | 坐 | 15 |
| たた | ない | たった | 站，立 | 15 |
| ださ | ない | だした | 拿出，取出 | 16 |
| ださ | ない | だした | 提出〔報告〕 | 17 |
| つかわ | ない | つかった | 使用，用 | 15 |
| つか | ない | ついた | 到達，抵達〔車站〕 | 25 |
| つくら | ない | つくった | 做，製造 | 15 |
| つれて　いか | ない | つれて　いった | 帶（某人）去 | 24 |

| | ます形 | | て形 | 字典形 |
|---|---|---|---|---|
| 手伝います | てつだい | ます | てつだって | てつだう |
| 泊まります［ホテルに～］ | とまり | ます | とまって | とまる |
| 取ります | とり | ます | とって | とる |
| 取ります［としを～］ | とり | ます | とって | とる |
| 直します | なおし | ます | なおして | なおす |
| なくします | なくし | ます | なくして | なくす |
| なります | なり | ます | なって | なる |
| 脱ぎます | ぬぎ | ます | ぬいで | ぬぐ |
| 登ります［やまに～］ | のぼり | ます | のぼって | のぼる |
| 飲みます［くすりを～］ | のみ | ます | のんで | のむ |
| 乗ります［でんしゃに～］ | のり | ます | のって | のる |
| 入ります［だいがくに～］ | はいり | ます | はいって | はいる |
| 入ります［おふろに～］ | はいり | ます | はいって | はいる |
| はきます［くつを～］ | はき | ます | はいて | はく |
| 弾きます | ひき | ます | ひいて | ひく |
| 引きます | ひき | ます | ひいて | ひく |
| 降ります［あめが～］ | ふり | ます | ふって | ふる |
| 払います | はらい | ます | はらって | はらう |
| 話します | はなし | ます | はなして | はなす |
| 曲がります［みぎへ～］ | まがり | ます | まがって | まがる |
| 待ちます | まち | ます | まって | まつ |
| 回します | まわし | ます | まわして | まわす |
| 持ちます | もち | ます | もって | もつ |
| 持って 行きます | もって いき | ます | もって いって | もって いく |
| 役に 立ちます | やくに たち | ます | やくに たって | やくに たつ |
| 呼びます | よび | ます | よんで | よぶ |
| 渡ります［はしを～］ | わたり | ます | わたって | わたる |

| ない形 | | た形 | 意思 | 課 |
|---|---|---|---|---|
| てつだわ | ない | てつだった | 幫忙，幫助 | 14 |
| とまら | ない | とまった | 住〔在飯店〕 | 19 |
| とら | ない | とった | 拿，持 | 14 |
| とら | ない | とった | 上〔年紀〕 | 25 |
| なおさ | ない | なおした | 修理，改正 | 20 |
| なくさ | ない | なくした | 遺失，丟失 | 17 |
| なら | ない | なった | 成爲 | 19 |
| ぬが | ない | ぬいだ | 脫〔衣服、鞋子〕 | 17 |
| のぼら | ない | のぼった | 登，爬〔山〕 | 19 |
| のま | ない | のんだ | 吃〔藥〕，服〔藥〕 | 17 |
| のら | ない | のった | 搭乘〔電車〕 | 16 |
| はいら | ない | はいった | 進入，上〔大學〕 | 16 |
| はいら | ない | はいった | 洗澡 | 17 |
| はか | ない | はいた | 穿〔鞋、褲子〕 | 22 |
| ひか | ない | ひいた | 彈（鋼琴等） | 18 |
| ひか | ない | ひいた | 拉 | 23 |
| ふら | ない | ふった | 下〔雨〕 | 14 |
| はらわ | ない | はらった | 支付，付款 | 17 |
| はなさ | ない | はなした | 講，說 | 14 |
| まがら | ない | まがった | 轉向〔右邊〕 | 14 |
| また | ない | まった | 等待 | 14 |
| まわさ | ない | まわした | 轉動 | 23 |
| もた | ない | もった | 持有，攜帶 | 14 |
| もって いか | ない | もって いった | 帶（某物）去 | 17 |
| やくに たた | ない | やくに たった | 有用，起作用 | 21 |
| よば | ない | よんだ | 呼叫，呼喚 | 14 |
| わたら | ない | わたった | 過〔橋〕 | 23 |

## II 類

| | ます形 | | て形 | 字典形 |
|---|---|---|---|---|
| 開けます | あけ | ます | あけて | あける |
| 集めます | あつめ | ます | あつめて | あつめる |
| 浴びます［シャワーを～］ | あび | ます | あびて | あびる |
| 入れます | いれ | ます | いれて | いれる |
| いれます［コーヒーを～］ | いれ | ます | いれて | いれる |
| 生まれます | うまれ | ます | うまれて | うまれる |
| 教えます［じゅうしょを～］ | おしえ | ます | おしえて | おしえる |
| 覚えます | おぼえ | ます | おぼえて | おぼえる |
| 降ります［でんしゃを～］ | おり | ます | おりて | おりる |
| 換えます | かえ | ます | かえて | かえる |
| 変えます | かえ | ます | かえて | かえる |
| かけます［めがねを～］ | かけ | ます | かけて | かける |
| 考えます | かんがえ | ます | かんがえて | かんがえる |
| 気を つけます［くるまに～］ | きを つけ | ます | きを つけて | きを つける |
| 着ます［シャツを～］ | き | ます | きて | きる |
| くれます | くれ | ます | くれて | くれる |
| 閉めます | しめ | ます | しめて | しめる |
| 調べます | しらべ | ます | しらべて | しらべる |
| 捨てます | すて | ます | すてて | すてる |
| 足ります | たり | ます | たりて | たりる |
| つけます | つけ | ます | つけて | つける |
| 出かけます | でかけ | ます | でかけて | でかける |
| できます | でき | ます | できて | できる |
| 出ます［だいがくを～］ | で | ます | でて | でる |
| 出ます［おつりが～］ | で | ます | でて | でる |
| 止めます | とめ | ます | とめて | とめる |
| 乗り換えます | のりかえ | ます | のりかえて | のりかえる |
| 始めます | はじめ | ます | はじめて | はじめる |
| 負けます | まけ | ます | まけて | まける |
| 見せます | みせ | ます | みせて | みせる |
| やめます［かいしゃを～］ | やめ | ます | やめて | やめる |
| 忘れます | わすれ | ます | わすれて | わすれる |

| ない形 | | た形 | 意 思 | 課 |
|---|---|---|---|---|
| あけ | ない | あけた | 打開（門、蓋子等） | 14 |
| あつめ | ない | あつめた | 收集 | 18 |
| あび | ない | あびた | 沖〔淋浴〕 | 16 |
| いれ | ない | いれた | 放入，放進 | 16 |
| いれ | ない | いれた | 沖，泡〔咖啡〕 | 24 |
| うまれ | ない | うまれた | 出生 | 22 |
| おしえ | ない | おしえた | 告訴〔地址〕 | 14 |
| おぼえ | ない | おぼえた | 記住 | 17 |
| おり | ない | おりた | 下〔電車〕 | 16 |
| かえ | ない | かえた | 交換，變換 | 18 |
| かえ | ない | かえた | 改變，換 | 23 |
| かけ | ない | かけた | 戴〔眼鏡〕 | 22 |
| かんがえ | ない | かんがえた | 思考，想 | 25 |
| きを　つけ | ない | きを　つけた | 注意〔車輛〕，小心〔車輛〕 | 23 |
| き | ない | きた | 穿〔襯衫等〕 | 22 |
| くれ | ない | くれた | 給〔我〕 | 24 |
| しめ | ない | しめた | 關閉（門、窗等） | 14 |
| しらべ | ない | しらべた | 調查 | 20 |
| すて | ない | すてた | 丟掉，捨棄 | 18 |
| たり | ない | たりた | 足夠 | 21 |
| つけ | ない | つけた | 打開（電燈、冷氣等） | 14 |
| でかけ | ない | でかけた | 出門，外出 | 17 |
| でき | ない | できた | 會，能夠，可以 | 18 |
| で | ない | でた | 出，〔大學〕畢業 | 16 |
| で | ない | でた | 〔零錢〕出來 | 23 |
| とめ | ない | とめた | 停止，停車 | 14 |
| のりかえ | ない | のりかえた | 換車 | 16 |
| はじめ | ない | はじめた | 開始 | 14 |
| まけ | ない | まけた | 輸，落敗 | 21 |
| みせ | ない | みせた | 出示，讓人看 | 14 |
| やめ | ない | やめた | 停止，放棄，辭（職） | 16 |
| わすれ | ない | わすれた | 忘記 | 17 |

**III 類**

| | ます形 | | て形 | 字典形 |
|---|---|---|---|---|
| 案内します | あんないし | ます | あんないして | あんないする |
| 運転します | うんてんし | ます | うんてんして | うんてんする |
| 見学します | けんがくし | ます | けんがくして | けんがくする |
| 研究します | けんきゅうし | ます | けんきゅうして | けんきゅうする |
| コピーします | コピーし | ます | コピーして | コピーする |
| 残業します | ざんぎょうし | ます | ざんぎょうして | ざんぎょうする |
| 修理します | しゅうりし | ます | しゅうりして | しゅうりする |
| 出張します | しゅっちょうし | ます | しゅっちょうして | しゅっちょうする |
| 紹介します | しょうかいし | ます | しょうかいして | しょうかいする |
| 心配します | しんぱいし | ます | しんぱいして | しんぱいする |
| 説明します | せつめいし | ます | せつめいして | せつめいする |
| 洗濯します | せんたくし | ます | せんたくして | せんたくする |
| 掃除します | そうじし | ます | そうじして | そうじする |
| 連れて 来ます | つれて き | ます | つれて きて | つれて くる |
| 電話します | でんわし | ます | でんわして | でんわする |
| 引っ越しします | ひっこしし | ます | ひっこしして | ひっこしする |
| 持って 来ます | もって き | ます | もって きて | もって くる |
| 予約します | よやくし | ます | よやくして | よやくする |
| 留学します | りゅうがくし | ます | りゅうがくして | りゅうがくする |
| 練習します | れんしゅうし | ます | れんしゅうして | れんしゅうする |

| ない形 | | た形 | 意思 | 課 |
|---|---|---|---|---|
| あんないし | ない | あんないした | 帶路，引路 | 24 |
| うんてんし | ない | うんてんした | 駕駛 | 18 |
| けんがくし | ない | けんがくした | 參觀，見習 | 18 |
| けんきゅうし | ない | けんきゅうした | 研究 | 15 |
| コピーし | ない | コピーした | 影印 | 14 |
| ざんぎょうし | ない | ざんぎょうした | 加班 | 17 |
| しゅうりし | ない | しゅうりした | 修理 | 20 |
| しゅっちょうし | ない | しゅっちょうした | 出差 | 17 |
| しょうかいし | ない | しょうかいした | 介紹 | 24 |
| しんぱいし | ない | しんぱいした | 擔心 | 17 |
| せつめいし | ない | せつめいした | 說明 | 24 |
| せんたくし | ない | せんたくした | 洗衣服 | 19 |
| そうじし | ない | そうじした | 打掃 | 19 |
| つれて こ | ない | つれて きた | 帶（某人）來 | 24 |
| でんわし | ない | でんわした | 打電話 | 20 |
| ひっこしし | ない | ひっこしした | 搬家 | 23 |
| もって こ | ない | もって きた | 帶（某物）來 | 17 |
| よやくし | ない | よやくした | 預約 | 18 |
| りゅうがくし | ない | りゅうがくした | 留學 | 25 |
| れんしゅう し | ない | れんしゅうした | 練習 | 19 |

# 日・中・英對照國名

| 日文國名 | 中文國名 | 英文國名 |
|---|---|---|
| 1. アイスランド | 冰島 | Iceland |
| 2. アイルランド | 愛爾蘭 | Ireland |
| 3. アゼルバイジャン | 亞塞拜然 | Azerbaijan |
| 4. アフガニスタン | 阿富汗 | Afghanistan |
| 5. アメリカ合衆国（がっしゅうこく） | 美國 | United States of America |
| 6. アラブ首長国連邦（しゅちょうこくれんぽう） | 阿拉伯聯合大公國 | United Arab Emirates |
| 7. アルジェリア | 阿爾及利亞 | Algeria |
| 8. アルゼンチン | 阿根廷 | Argentina |
| 9. アルバニア | 阿爾巴尼亞 | Albania |
| 10. アルメニア | 亞美尼亞 | Armenia |
| 11. アンゴラ | 安哥拉 | Angola |
| 12. アンティグア・バーブーダ | 安地卡及巴布達 | Antigua and Barbuda |
| 13. アンドラ | 安道爾 | Andra |
| 14. イエメン | 葉門 | Yemen |
| 15. イギリス | 英國 | United Kingdom |
| 16. イスラエル | 以色列 | Israel |
| 17. イタリア | 義大利 | Italy |
| 18. イラク | 伊拉克 | Iraq |
| 19. イラン | 伊朗 | Iran |
| 20. インド | 印度 | India |
| 21. インドネシア | 印度尼西亞 | Indonesia |
| 22. ウガンダ | 烏干達 | Uganda |
| 23. ウクライナ | 烏克蘭 | Ukraine |
| 24. ウズベキスタン | 烏茲別克 | Uzbekistan |
| 25. ウルグアイ | 烏拉圭 | Uruguay |
| 26. エクアドル | 厄瓜多 | Ecuador |
| 27. エジプト | 埃及 | Egypt |
| 28. エストニア | 愛沙尼亞 | Estonia |

| 日文國名 | 日文國名 | 英文國名 |
|---|---|---|
| 29. エチオピア | 衣索比亞 | Ethiopia |
| 30. エリトリア | 厄利垂亞 | Eritrea |
| 31. エルサルバドル | 薩爾瓦多 | El Salvador |
| 32. オーストラリア | 澳大利亞 | Australia |
| 33. オーストリア | 奧地利 | Austria |
| 34. オマーン | 阿曼 | Oman |
| 35. オランダ | 荷蘭 | Netherlands |
| 36. ガーナ | 迦納 | Ghana |
| 37. カーボ ェルデ | 維德角 | Cape Verde |
| 38. ガイアナ | 蓋亞那 | Guyana |
| 39. カザフスタン | 哈薩克 | Kazakhstan |
| 40. カタール | 卡達 | Qatar |
| 41. カナダ | 加拿大 | Canada |
| 42. ガボン | 加彭 | Gabon |
| 43. カメルーン | 喀麥隆 | Cameroon |
| 44. 韓国（かんこく） | 大韓民國 | Republic of Korea |
| 45. ガンビア | 甘比亞 | Gambia |
| 46. カンボジア | 柬埔寨 | Cambodia |
| 47. 北朝鮮（きたちょうせん） | 北韓 | Democratic People's Republic of korea |
| 48. ギニア | 幾內亞 | Guinea |
| 49. ギニアビサウ | 幾內亞比索 | Guinea-Bissau |
| 50. キプロス | 賽普勒斯 | Cyprus |
| 51. キューバ | 古巴 | Cuba |
| 52. ギリシャ | 希臘 | Greece |
| 53. キリバス | 吉里巴斯 | Kiribati |
| 54. キルギスタン | 吉爾吉斯 | Kyrgyz |
| 55. グアテマラ | 瓜地馬拉 | Guatemala |
| 56. クウェート | 科威特 | Kuwait |

| 日文國名 | 中文國名 | 英文國名 |
|---|---|---|
| 57. グルジア | 喬治亞 | Georgia |
| 58. グレナダ | 格瑞那達 | Grenada |
| 59. クロアチア | 克羅埃西亞 | Croatia |
| 60. ケニア | 肯亞 | Kenya |
| 61. コートジボワール | 象牙海岸 | Cote d'Ivoire |
| 62. コスタリカ | 哥斯大黎加 | Costa Rica |
| 63. コモロ | 葛摩 | Comoros |
| 64. コロンビア | 哥倫比亞 | Colombia |
| 65. コンゴ共和国（きょうわこく） | 剛果 | Republic of the Congo |
| 66. コンゴ民主共和国（みんしゅきょうわこく） | 薩伊 | Democratic Republic of the Congo |
| 67. サウジアラビア | 沙烏地阿拉伯 | Saudi Arabia |
| 68. サモア | 薩摩亞 | Samoa |
| 69. サントメ・プリンシペ | 聖多美普林西比 | San Tome and Principe |
| 70. ザンビア | 尚比亞 | Zambia |
| 71. サンマリノ | 聖馬利諾 | San Marino |
| 72. シエラレオネ | 獅子山國 | Sierra Leone |
| 73. ジブチ | 吉布地 | Djibouti |
| 74. ジャマイカ | 牙買加 | Jamaica |
| 75. シリア | 敘利亞 | Syria |
| 76. シンガポール | 新加坡 | Singapore |
| 77. ジンバブエ | 辛巴威 | Zimbabwe |
| 78. スイス | 瑞士 | Switzerland |
| 79. スウェーデン | 瑞典 | Sweden |
| 80. スーダン | 蘇丹 | Sudan |
| 81. スペイン | 西班牙 | Spain |
| 82. スリナム | 蘇利南 | Suriname |
| 83. スリランカ | 斯里蘭卡 | Sri Lanka |
| 84. スロバキア | 斯洛伐克 | Slovakia |

| 日文國名 | 中文國名 | 英文國名 |
|---|---|---|
| 85. スロベニア | 斯洛維尼亞 | Slovenia |
| 86. スワジランド | 史瓦濟蘭 | Swaziland |
| 87. セーシェル | 塞席爾 | Seychelles |
| 88. 赤道(せきどう)ギニア | 赤道幾內亞 | Equatorial Guinea |
| 89. セネガル | 塞內加爾 | Senegal |
| 90. セルビア・モンテネグロ | 塞爾維亞・蒙特內哥羅 | Serbia and Montenegro |
| 91. セントクリストファー・ネイビス | 聖克里斯多福及尼維斯 | Saint Christopher and Nevis |
| 92. セントビンセント・グレナディーン | 聖文森及格瑞那丁 | Saint Vincent and the Grenadines |
| 93. セントルシア | 聖露西亞 | Saint Lucia |
| 94. ソマリア | 索馬利亞 | Somalia |
| 95. ソロモン諸島(しょとう) | 索羅門群島 | Solomon Islands |
| 96. タイ | 泰國 | Thailand |
| 97. 台湾(たいわん) | 台灣 | Taiwan |
| 98. タジキスタン | 塔吉克 | Tajikistan |
| 99. タンザニア | 坦尚尼亞 | Tanzania |
| 100. チェコ | 捷克 | Czech |
| 101. チャド | 查德 | Chad |
| 102. 中央(ちゅうおう)アフリカ | 中非 | Central African |
| 103. 中国(ちゅうごく) | 中國 | China |
| 104. チュニジア | 突尼西亞 | Tunisia |
| 105. チリ | 智利 | Chile |
| 106. ツバル | 吐瓦魯 | Tuvalu |
| 107. デンマーク | 丹麥 | Denmark |
| 108. ドイツ | 德國 | Germany |
| 109. トーゴ | 多哥 | Togo |
| 110. ドミニカ共和国(きょうわこく) | 多明尼加共和國 | Dominican Republic |

| 日文國名 | 中文國名 | 英文國名 |
| --- | --- | --- |
| 111. ドミニカ国（こく） | 多米尼克 | Dominica |
| 112. トリニダード・トバゴ | 千里達及托巴哥 | Trinidad and Tobago |
| 113. トルクメニスタン | 土庫曼 | Turkmenistan |
| 114. トルコ | 土耳其 | Turkey |
| 115. トンガ | 東加 | Tonga |
| 116. ナイジェリア | 奈及利亞 | Nigeria |
| 117. ナウル | 諾魯 | Nauru |
| 118. ナミビア | 納米比亞 | Namibia |
| 119. ニカラグア | 尼加拉瓜 | Nicaragua |
| 120. ニジェール | 尼日 | Niger |
| 121. ニュージーランド | 紐西蘭 | New Zealand |
| 122. ネパール | 尼泊爾 | Nepal |
| 123. ノルウェー | 挪威 | Norway |
| 124. バーレーン | 巴林 | Bahrain |
| 125. ハイチ | 海地 | Haiti |
| 126. パキスタン | 巴基斯坦 | Pakistan |
| 127. バチカン | 教廷 | Vatican |
| 128. パナマ | 巴拿馬 | Panama |
| 129. バヌアツ | 萬那杜 | Vanuatu |
| 130. バハマ | 巴哈馬 | Bahamas |
| 131. パプアニューギニア | 巴布亞紐幾內亞 | Papua New Guinea |
| 132. パラグアイ | 巴拉圭 | Paraguay |
| 133. パラオ | 帛琉 | Palau |
| 134. バルバドス | 巴貝多 | Barbados |
| 135. ハンガリー | 匈牙利 | Hungary |
| 136. バングラデシュ | 孟加拉 | Bangladesh |
| 137. フィジー | 斐濟 | Fiji |
| 138. 東（ひがし）ティモール | 東帝汶 | Timor-Leste |

| 日文國名 | 中文國名 | 英文國名 |
| --- | --- | --- |
| 139. フィリピン | 菲律賓 | Philippines |
| 140. フィンランド | 芬蘭 | Finland |
| 141. ブータン | 不丹 | Bhutan |
| 142. ブラジル | 巴西 | Brazil |
| 143. フランス | 法國 | France |
| 144. ブルガリア | 保加利亞 | Bulgaria |
| 145. ブルキナファソ | 布吉納法索 | Burkina Faso |
| 146. ブルネイ | 汶萊 | Brunei |
| 147. ブルンジ | 蒲隆地 | Burundi |
| 148. ベトナム | 越南 | Vietnam |
| 149. ベナン | 貝南 | Benin |
| 150. ベネズエラ | 委內瑞拉 | Venezuela |
| 151. ベラルーシ | 白俄羅斯 | Belarus |
| 152. ベリーズ | 貝里斯 | Belize |
| 153. ペルー | 秘魯 | Peru |
| 154. ベルギー | 比利時 | Belgium |
| 155. ポーランド | 波蘭 | Poland |
| 156. ボスニア・ヘルツェゴビナ | 波士尼亞赫塞哥維納 | Bosnia and Herzegovina |
| 157. ボツワナ | 波札那 | Botswana |
| 158. ボリビア | 玻利維亞 | Bolivia |
| 159. ポルトガル | 葡萄牙 | Portugal |
| 160. ホンジュラス | 宏都拉斯 | Honduras |
| 161. マーシャル諸島(しょとう) | 馬紹爾群島 | Marshall Islands |
| 162. マケドニア | 馬其頓 | Macedonia |
| 163. マダガスカル | 馬達加斯加 | Madagascar |
| 164. マラウイ | 馬拉威 | Malawi |
| 165. マリ | 馬利 | Mali |
| 166. マルタ | 馬爾他 | Malta |

| 日文國名 | 中文國名 | 英文國名 |
| --- | --- | --- |
| 167. マレーシア | 馬來西亞 | Malaysia |
| 168. ミクロネシア | 密克羅尼西亞 | Micronesia |
| 169. 南(みなみ)アフリカ | 南非 | South Africa |
| 170. ミャンマー | 緬甸 | Myanmar |
| 171. メキシコ | 墨西哥 | Mexico |
| 172. モーリシャス | 模里西斯 | Mauritius |
| 173. モーリタニア | 茅利塔尼亞 | Mauritania |
| 174. モザンビーク | 莫三比克 | Mozambique |
| 175. モナコ | 摩納哥 | Monaco |
| 176. モルジブ | 馬爾地夫 | Maldives |
| 177. モルドバ | 摩爾多瓦 | Moldova |
| 178. モロッコ | 摩洛哥 | Morocco |
| 179. モンゴル | 蒙古 | Mongolia |
| 180. ヨルダン | 約旦 | Jordan |
| 181. ラオス | 寮國 | Laos |
| 182. ラトビア | 拉脫維亞 | Latvia |
| 183. リトアニア | 立陶宛 | Lithuania |
| 184. リビア | 利比亞 | Libya |
| 185. リヒテンシュタイン | 列支敦斯登 | Liechtenstein |
| 186. リベリア | 賴比瑞亞 | Liberia |
| 187. ルーマニア | 羅馬尼亞 | Romania |
| 188. ルクセンブルク | 盧森堡 | Luxembourg |
| 189. ルワンダ | 盧安達 | Rwanda |
| 190. レソト | 賴索托 | Lesotho |
| 191. レバノン | 黎巴嫩 | Lebanon |
| 192. ロシア | 俄羅斯<br>（舊蘇聯解體後獨立） | Russia |

# 索引
さく　いん

## ー あ ー


1. あかるい（明るい） 16
2. あけます（開けます） 14
3. あし（足） 16
4. あたま（頭） 16
5. あたまが　いい（頭が　いい） 16
6. あっち 20
7. あつめます（集めます） 18
8. あとで 14
9. アパート 22
10. あびます［シャワーを～］（浴びます） 16
11. あぶない（危ない） 17
12. あらいます（洗います） 18
13. あります［おまつりが～］（［お祭りが～］） 21
14. あるきます［みちを～］（歩きます［道を～］） 23
15. アルバイト 21
16. あれ？ 14
17. あんしょうばんごう（暗証番号） 16
18. あんないします（案内します） 24


## ー い ー


19. いいえ、けっこうです。 8
20. ［いいえ］、まだまだです。 16
21. いいですよ。 14
22. いいます（言います） 21
23. いくら［～ても］ 25
24. いけん（意見） 21
25. いそぎます（急ぎます） 14
26. ［～が］　いたいです。（［～が］　痛いです。） 17
27. いちど（一度） 19
28. いちども（一度も） 19
29. いっぱい　のみましょう。（一杯　飲みましょう。） 25
30. いなか（田舎） 25
31. いのり（祈り） 18
32. いみ（意味） 24
33. いらっしゃいます 15
34. いります［ビザが～］（要ります） 20
35. いれます（入れます） 16
36. いれます［コーヒーを～］ 24
37. いろいろ 20
38. ［いろいろ］　おせわに　なりました。（［いろいろ］　お世話に　なりました）。 25


## ー う ー


39. ううん 20
40. うーん。 22
41. うごきます［とけいが～］（動きます［時計が～］） 23
42. うたいます（歌います） 18
43. うま（馬） 18
44. うまれます（生まれます） 22
45. うります（売ります） 15

46. うわぎ（上着） 17
47. うん 20
48. うんてんします（運転します） 18

## ― え ―

49. エアコン 14

## ― お ―

50. ［お］いのり（［お］祈り） 18
51. おかげさまで 19
52. ［お］かし（［お］菓子） 24
53. おきます（置きます） 15
54. おく（億） 25
55. おくります［ひとを～］
（送ります［人を～］） 24
56. おじいさん 24
57. おじいちゃん 24
58. おしいれ（押し入れ） 22
59. おしえます［じゅうしょを～］
（教えます［住所を～］） 14
60. おします（押します） 16
61. ［お］しょうがつ（［お］正月） 23
62. おせわに　なりました。
（お世話に　なりました。） 25
63. おだいじに。（お大事に。） 17
64. おちゃ（お茶） 19
65. おつり（お釣り） 14
66. ［お］てら（［お］寺） 16
67. おと（音） 23
68. おなか 16
69. おなじ（同じ） 21
70. おばあさん 24
71. おばあちゃん 24
72. ［お］はなし（［お］話） 21
73. おひきだしですか。
（お引き出しですか） 16
74. ［お］ふろ 17
75. ［お］べんとう（［お］弁当） 24
76. おぼえます（覚えます） 17
77. おめでとう　ございます。 22
78. おもいだします
（思い出します） 15
79. おもいます（思います） 21
80. おります［でんしゃを～］
（降ります［電車を～］） 16
81. おわり（終わり） 20

## ― か・が ―

82. がいこくじんとうろくしょう
（外国人登録証） 23
83. かえします（返します） 17
84. かえます（換えます） 18
85. かえます（変えます） 23
86. かお（顔） 16
87. かくにん（確認） 16
88. かけます［めがねを～］
（［眼鏡を～］） 22
89. かし（菓子） 24
90. かぜ 17
91. ～かた（～方） 14
92. カタログ 15
93. かちます（勝ちます） 21
94. かちょう（課長） 18
95. かど（角） 23
96. かぶります［ぼうしを～］
（［帽子を～］） 22

97. かみ（髪） 16
98. からだ（体） 16
99. からだに　いい（体に　いい） 19
100. かんがえます（考えます） 25
101. かんぱい（乾杯） 19
102. がんばります（頑張ります） 25

― き・ぎ ―

103. きかい（機械） 23
104. ききます［せんせいに～］
（聞きます［先生に～］） 23
105. きっと 21
106. きます［シャツを～］（着ます） 22
107. きみ（君） 20
108. きもの（着物） 20
109. キャッシュカード 16
110. きを　つけます［くるまに～］
（気を　つけます［車に～］） 23
111. きんえん（禁煙） 17
112. きんがく（金額） 16

― く・ぐ ―

113. くすり（薬） 17
114. くち（口） 16
115. くにへ　かえるの？
（国へ　帰るの？） 20
116. くらい（暗い） 16
117. グループ 25
118. くれます 24
119. ～くん（～君） 20

― け・げ ―

120. ケーキ 19
121. けします（消します） 14
122. ～けど 20
123. けんがくします（見学します） 18
124. けんきゅうします
（研究します） 15
125. げんきん（現金） 18
126. ［けんこう］ほけんしょう
（［健康］保険証） 17

― こ・ご ―

127. こうこう（高校） 15
128. こうさてん（交差点） 23
129. こうつう（交通） 21
130. コート 22
131. ごかぞく（ご家族） 15
132. こくさい～（国際～） 18
133. こしょう（故障） 23
134. こたえ（答え） 17
135. ごちそうさま。 23
136. ごちそうさま［でした］。 23
137. こちら 22
138. こっち 20
139. こと 25
140. ことば 20
141. このあいだ（この間） 20
142. コピーします 14
143. ゴルフ 19
144. これで　おねがいします。
（これで　お願いします。） 14

― さ・ざ ―

145. さあ 14
146. サービス 16

147. さいきん（最近） 21
148. サイズ 23
149. さとう（砂糖） 14
150. サラリーマン 20
151. さわります［ドアに～］
（触ります） 23
152. ざんぎょうします（残業します） 17

## ― し・じ ―

153. しあい（試合） 21
154. しお（塩） 14
155. しかし 19
156. しかたが　ありません。 21
157. じこくひょう（時刻表） 15
158. したぎ（下着） 17
159. しって　います
（知って　います） 15
160. じつは（実は） 19
161. しばらくですね。 21
162. じぶんで（自分で） 24
163. しめます（閉めます） 14
164. しゃちょう（社長） 18
165. シャワー 16
166. じゅうしょ（住所） 14
167. しゅうりします（修理します） 20
168. しゅしょう（首相） 21
169. しゅっちょうします
（出張します） 17
170. しゅみ（趣味） 18
171. じゅんび（準備） 24
172. しょうかいします
（紹介します） 24
173. しょうがつ（正月） 23
174. ジョギング 16
175. しらべます（調べます） 20
176. しります（知ります） 15
177. しりょう（資料） 15
178. しんごう（信号） 23
179. しんごうを　みぎへ　まがって
ください。
（信号を　右へ　曲がって
ください。） 14
180. じんじゃ（神社） 16
181. しんぱいします（心配します） 17

## ― す・ず ―

182. スーツ 22
183. すぐ 14
184. すごい 21
185. すてます（捨てます） 18
186. スピーチ 21
187. すみます（住みます） 15
188. すもう（相撲） 19
189. すわります（座ります） 15
190. すんで　います［おおさかに～］
（住んで　います［大阪に～］） 15

## ― せ・ぜ ―

191. せいじ（政治） 21
192. せいひん（製品） 15
193. セーター 22
194. せが　たかい（背が　高い） 16
195. せつめいします（説明します） 24
196. ぜひ 18
197. せんせい（先生） 17
198. せんたくします（洗濯します） 19

199. ぜんぶ（全部） 24
200. せんもん（専門） 15

## — そ・ぞ —

201. そうじします（掃除します） 19
202. そっち 20
203. ソフト 15
204. それは　おもしろいですね。 18
205. そんなに 21

## — た・だ —

206. ダイエット 19
207. たいしかん（大使館） 25
208. だいじょうぶ［な］
（大丈夫［な］） 17
209. たいせつ［な］（大切［な］） 17
210. だいとうりょう（大統領） 21
211. ダイニングキチン 22
212. だします（出します） 16
213. だします［レポートを～］
（出します） 17
214. たちます（立ちます） 15
215. たてもの（建物） 23
216. たぶん 21
217. たります（足ります） 21
218. だんだん 19

## — ち —

219. ちず（地図） 14
220. チャンス 25
221. ちゅうしゃじょう（駐車場） 23
222. ちょうし（調子） 19
223. ちょうしが　いい
（調子が　いい） 19
224. ちょうしが　わるい
（調子が　悪い） 19

## — つ —

225. つかいます（使います） 15
226. つぎに（次に） 16
227. つきます［えきに～］
（着きます［駅に～］） 25
228. つくります
（作ります、造ります） 15
229. つけます 14
230. つまみ 23
231. つよい（強い） 19
232. つれて　いきます
（連れて　行きます） 24
233. つれて　きます
（連れて　来ます） 24

## — て・で —

234. でかけます（出かけます） 17
235. できます 18
236. デザイン 21
237. ですから 17
238. てつだいます（手伝います） 14
239. でます［おつりが～］
（出ます［お釣りが～］） 23
240. でます［だいがくを～］
（出ます［大学を～］） 16
241. ～でも　のみませんか。
（～でも　飲みませんか。） 21
242. てら（寺） 16
243. でんきや（電気屋） 23

244. てんきん（転勤） 25
245. でんわします（電話します） 20

— と・ど —

246. どう　しましたか。 17
247. どう　しようかな。 20
248. どう　するの？ 20
249. どうぞ　おげんきで。
（どうぞ　お元気で。） 25
250. どうぶつ（動物） 18
251. どうやって 16
252. どくしん（独身） 15
253. とくに（特に） 15
254. とこや（床屋） 15
255. どっち 20
256. どの～ 16
257. とまります［ホテルに～］
（泊まります） 19
258. とめます（止めます） 14
259. とります（取ります） 14
260. とります［としを～］
（取ります［年を～］） 25

— な —

261. なおします（直します） 20
262. ながい（長い） 16
263. なかなか 18
264. なくします 17
265. なまえ（名前） 14
266. なります 19
267. なんかいも（何回も） 19

— に —

268. に、さん～（2、3～） 17
269. に、さんにち（2、3日） 17
270. ～に　ついて 21
271. にっき（日記） 18
272. ニュース 21

— ぬ —

273. ぬぎます（脱ぎます） 17

— ね —

274. ねつ（熱） 17
275. ねむい（眠い） 19

— の —

276. のど 17
277. のぼります［やまに～］
（登ります［山に～］） 19
278. のみます［くすりを～］
（飲みます［薬を～］） 17
279. のりかえます（乗り換えます） 16
280. のります［でんしゃに～］
（乗ります［電車に～］） 16

— は・ば・ぱ —

281. は（歯） 16
282. はいしゃ（歯医者） 15
283. はいります［おふろに～］
（入ります） 17
284. はいります［だいがくに～］
（入ります［大学に～］） 16
285. はきます［くつを～］
（［靴を～］） 22
286. はし（橋） 23

287. はじめ（始め） 20
288. はじめます（始めます） 14
289. パスポート 14
290. パチンコ 19
291. はなし（話） 21
292. はなします（話します） 14
293. はらいます（払います） 17
294. …ばん（…番） 16

— ひ・び・ぴ —

295. ひ（日） 19
296. ピアノ 18
297. ひきます（弾きます） 18
298. ひきます（引きます） 23
299. ビザ 20
300. ひっこしします
（引越しします） 23
301. びょうき（病気） 17

— ふ・ぶ・ぷ —

302. ふく（服） 15
303. ぶちょう（部長） 18
304. ぶっか（物価） 20
305. ふとん（布団） 22
306. ふべん［な］（不便［な］） 21
307. ふります［あめが～］
（降ります［雨が～］） 14
308. プレイガイド 15
309. ふろ 17

— へ・べ・ぺ —

310. へえ 18
311. べんとう（弁当） 24

— ほ・ぼ・ぽ —

312. ぼうし（帽子） 22
313. ほかに 24
314. ぼく（僕） 20
315. ぼくじょう（牧場） 18
316. ほけんしょう（保険証） 17
317. ボタン 16
318. ほんとうですか。 18
319. ほんとうに 21

— ま —

320. まがります［みぎへ～］
（曲がります［右へ～］） 14
321. まけます（負けます） 21
322. まず 16
323. また 14
324. まだまだです。 16
325. まちます（待ちます） 14
326. まっすぐ 14
327. ～までに 17
328. まわします（回します） 23

— み —

329. みじかい（短い） 16
330. みせます（見せます） 14
331. みち（道） 23
332. みどり（緑） 16
333. みないと……。
（見ないと……。） 21
334. みみ（耳） 16
335. みんなで 20

— む —

336. むだ 21
337. むだ［な］ 21
338. むり［な］（無理［な］） 19

— め —

339. め（目） 16
340. …め（…目） 23
341. …メートル 18
342. めがね（眼鏡） 22

— も —

343. もう　～ 14
344. もうすぐ 19
345. もう　すこし（もう　少し） 14
346. もし［～たら］ 25
347. もちます（持ちます） 14
348. もちろん 21
349. もって　いきます
（持って　行きます） 17
350. もって　きます
（持って　来ます） 17
351. もんだい（問題） 17

— や —

352. ～や（～屋） 23
353. やくに　たちます
（役に　立ちます） 21
354. やちん（家賃） 22
355. やめます［かいしゃを～］
（［会社を～］） 16

— ゆ —

356. ユーモア 21
357. ゆっくり 14

— よ —

358. よかったら 20
359. よく 22
360. よびます（呼びます） 14
361. よみかた（読み方） 14
362. よやくします（予約します） 18
363. よわい（弱い） 19

— ら —

364. ラッシュ 21

— り —

365. りゅうがくします
（留学します） 25
366. りゅうがくせい（留学生） 16

— れ —

367. れんしゅうします
（練習します） 19

— わ —

368. わかい（若い） 16
369. ワゴンしゃ（ワゴン車） 24
370. わしつ（和室） 22
371. わすれます（忘れます） 17
372. わたります［はしを～］
（渡ります［橋を～］） 23

## 執筆協力


田中よね　財団法人海外技術者研修協会　非常勤講師
松下電器産業株式会社　海外研修所　日本語コーディネーター

牧野昭子　財団法人海外技術者研修協会　非常勤講師
国際交流基金関西国際センター　非常勤講師

重川明美　財団法人海外技術者研修協会　非常勤講師
松下電器産業株式会社　海外研修所　講師

御子神慶子　財団法人海外技術者研修協会　非常勤講師
松下電器産業株式会社　海外研修所　講師

古賀千世子　神戸大学留学生センター　非常勤講師
松下電器産業株式会社　海外研修所　講師

石井千尋　YMCA日本語教師会　会員


## 監修


石沢弘子　財団法人海外技術者研修協会

豊田宗周　財団法人海外技術者研修協会


## イラストレーション


田辺澄美

新式樣裝訂專利 請勿仿冒
專利號碼　M 249906 號



本書原名ー「みんなの日本語　初級Ⅰ」

大家的日本語 初級Ⅱ　（附聽解問題 CD）

1999 年（民 88）3 月 15 日 第 1 版 第 1 刷 發行
2008 年（民 97）10 月 15 日 第 3 版 第 9 刷 發行

定價　新台幣 300 元整

編著者　（日本）スリーエーネットワーク
授　權　（日本）スリーエーネットワーク
發行人　林　寶
發行所　大新書局
地　址　台北市大安區(106)瑞安街256巷16號
電　話　(02)2707-3232・2707-3838・2755-2468
傳　真　(02)2701-1633・郵政劃撥：00173901
登記證　行政院新聞局局版台業字第0869號
香港地區　香港聯合書刊物流有限公司
地　址　香港新界大埔汀麗路 36 號 中華商務印刷大廈 3 字樓
電　話　(852)2150-2100
傳　真　(852)2810-4201

 ISBN 978-957-8279-07-0 (B811)

## 聽寫問題「有聲 CD」使用方法

本套教材系列的每一課最後都有一個「問題」單元，這個單元的前半部分，是有 及 記號的「聽寫問題」。本書附帶的有聲 CD 中，錄有回答此「聽寫問題」的題目。

練習聽寫時，不需要太在意每一個詞彙或音意是否聽得懂，由整體的角度來正確掌握意思將更有益。只要能夠適當地使用此有聲 CD 音聲教材，聽力的精進自是指日可待。

此外，本書附帶有聲CD的內容僅限於「聽寫問題」，學習者一定要善加利用。對於沒有放有聲 CD 設備的使用者，可以利用郵局劃撥：00173901「大新書局」帳戶，另外郵購「問題」錄音卡帶 1 卷，售價 NT：120 元。

初級 I 、初級 II 、進階 I 、進階 II 、解答的部分有 I ～ III 等 3 種回答模式，在實際使用有聲 CD 聽寫作答之前，請務必參考下列練習：

### 聽寫問題說明

I. 聽寫問題：每題聽完後請按暫停鍵，將聽到的內容書寫在劃線上。

1. 例（れい）：いいえ、［わたしは］ 先生（せんせい）じゃ ありません。

1）いいえ、サントスじゃ ありません。

2）マイク・ミラー です。

II. 選擇題：請從①～③圖之中，選出和問題相符的圖。

2. 例（れい）：

①

②

③

III. 是非題：問題和會話的內容相符時在（　）中畫“○”不符時則畫“×”。

3. 例（れい）1：（ × ）　例（れい）2：（ ○ ）

1）（　）　2）（　）　3）（　）

其他如每一冊的 1. 單字、 2. 句型、 3. 例句、 4. 會話、 5. 練習 A 、 6. 練習 B 、 7. 練習 C 的「有聲 CD」或「錄音卡帶」，學習者可依設備自行選擇購買。

初級 I 音聲教材「有聲 CD 四片 NT：800 元」或「錄音卡帶四卷 NT：560 元」任選。
初級 II 音聲教材「有聲 CD 四片 NT：800 元」或「錄音卡帶四卷 NT：560 元」任選。
進階 I 音聲教材「有聲 CD 四片 NT：800 元」或「錄音卡帶四卷 NT：560 元」任選。
進階 II 音聲教材「有聲 CD 四片 NT：800 元」或「錄音卡帶四卷 NT：560 元」任選。